秘境

谷口雅宣
Masanobu Taniguchi

日本教文社

秘境

カバー装画…………著者

1

山形合同新聞の鶴岡支局に勤める三十四歳の塚本敬三は、朝日村の警察署に顔を出した時、定年を間近にひかえた同署の佐竹次長から妙な話を聞いた。

村の南方の山間にある貯水池の下には昔、小さな集落に続くトンネルがあったが、ダム建設により水没したため、その集落へは行けなくなったというのだ。当然、その前に住民の移住が行われたのだが、何人かの若者がダムに強硬に反対して、その土地を離れなかった。そこで建設側はやむを得ず、貯水池に水を張ったという。

「そいだば殺人《ころし》と同じでねがや?」と塚本は驚いて言った。

「んでねぇ、集落は水没させねで、道だげねぐなった(なくなった)なや」と佐竹次長は言った。

「どういうごどだ?」と、塚本は解せない顔で言った。

「下界との交通に使ってだトンネルだけが水に浸《つ》がって、家どが畑はそのまんま残ったという話だなや」と佐竹次長は何でもないように言った。

「そいで、残《のこ》た衆《しょ》だ（人たち）は?」と塚本は身を乗り出した。

「わしゃ知らねぇ。何しろ昔の話ださげ（話だから）……」と佐竹は面倒くさそうに言った。

塚本は「待てよ……」と思った。外部との交通路が遮断された場所にわずか数人が残ったとしたら、その人たちはどうやって生活するのか。食料や日用品は不足するだろうし、子供がいれば幼稚園や学校へ行けない。友達もなく、本やマンガもゲームもない。農作業を家族だけでやるとしても、労働力は足りたのか?　作物ができるような土地だったのか?　疑問が次々に湧いてきた。

「その話どご（話のこと）、わがる人、いねがや?」と塚本は、タバコを燻《くゆ》らせて窓から外を見ている佐竹に訊いた。

「よぐは知らねんども……」と言って、佐竹は太い指の間に挟んだタバコを灰皿の上に押しつけながら、塚本の方を見た。「ダムのそばさ住んでる郷太《ごうた》爺さんに聞いでみだら、もう少しわがっがも（わかるかも）しんねぇ」

「ゴウタじいさん……が」と言いながら、塚本はそっくり返ったメモ帳をズボンの尻ポケットから取り出した。「苗字わがっが？　住所どがも？」

「ほんごど（そんなこと）憶《おぼ》えでねぇ。大体、ダムのそばさはその爺さんしか住んでねぇさげ……」と佐竹は言って、ゴホゴホと咽《のど》を鳴らしながら笑った。

「んだが」（そうか）と塚本は頷いてから、「どごろで、ダムはいづ完成《でぎ》だなだけ？」と言った。

「んださげ（だから）言ったでねがぁ、昔のこどだって。わしが署に入ってがらでも、もう四十年以上もたつなだ。それより前の話だ」

――んだがぁ！（なんだ！）

と塚本は思った。そんな昔に立ち退き反対を主張していた人は、当時若くても今は六十代、家族もちだったら今は七十代か八十代だ。もう生きていないかもしれない。

「まぁ、いいがぁ……」

と塚本は独り言をいうと、佐竹の前の椅子から腰を上げた。村役場で調べものをしてみる気になった。ネタなしに社に帰るのも面白くなかったからだ。

佐竹の言っていた「ダム」とは、八久和《やくわ》ダムのことだった。役場の図書室で調べると、昭和三十二年に完成し、周辺の住民四、五十人が他へ移住したという記録が見つかった。しかし、移住せずに居残った人の話は、どこにも書いてなかった。公式記録にそんなことを書くのはマズイのかもしれないと思い、当時の新聞記事やルポが保管されていないか捜したが、そういう話は見つからなかった。

——ガセネタじゃないか？

と塚本はふと思ったが、署の次長という責任ある立場の警察官が新聞記者にガセネタをポンポン言うはずがないと思った。しかも佐竹は退職間際で、何か手柄をたてたいという気持があるに違いない。根拠がまったくない話ではないはずだ。塚本は、朝日村役場からダムを目指して車を走らせた。「ゴウタじいさん」という人をつかまえて話を聞こうと思った。

八久和ダムは、朝日村警察署から南へ十数キロ行った朝日連峰の麓《ふもと》にある。高安山

（一二四四メートル）の中腹の八久和渓谷にあり、そこを流れる八久和川を堰《せ》き止めて造られた。堤長二六九メートル、堤高九七・五メートルのダムで、その背後には、紺碧《こんぺき》の水を湛えた細長い貯水池が、初夏の緑生い茂る山間に潜むように横たわっていた。塚本敬三はダムの堤の上まで一気に車を走らせたが、その途中で、佐竹が言ったような「ダムの近くの一軒家」を見つけることはできなかった。こんな山の中では、家は道路ぎわにでもなければ、運転者の目には入りにくい。だから塚本は、ダムの堤の上で車を降りて、道路上方に繁る木々の間に目を凝らしてみた。すると、ちょうど目の高さの一箇所に、何か赤い金属片のようなものが新緑の間から見え、それをよく見ようとして位置を移動すると、赤いトタン屋根の木造屋であることが分かった。

郷太爺さんは、その家の狭い縁側で農機具を洗っていた。塚本が近づいていくと、手を止めて来訪者が誰なのかを見定めようと、首だけ回してじっと彼を見つめた。塚本は数メートルの距離から自分の素性を言い、佐竹の名前を出して用件を説明すると、爺さんはようやく腰を上げながら塚本の方に体を向けた。

「そげだ（その）部落の話だばおれにもよぐわがらねぇ」

と郷太爺さんはしわがれ声で言った。塚本は急いでメモ帳を取り出した。

「んだんでも、ほごの（その）家にいっだ（いた）男は死んだらしぃ。男の妻《あね》ちゃんど子どもが一人残されだっていうさげ（いうから）、どうやて生き延びだがはわがらねぇ」と爺さんは言った。

「そごのダンナさんはなんで死んだんだろ？」と塚本は言った。

「それもわがらねぇ。熊にやられだが、水に溺れだのがもしれねぇ」と爺さんは言った。

「なして男が死んだてわがたなや（わかったんです）？」と塚本は言った。

するとと郷太爺さんは、こんな話をしたのだった。

――爺さんは家の裏山の斜面を畑にして野菜を作っているが、クリやサルナシを採ったり、山菜を捜すためには、その裏山を越えたところから始まる深い森の中へ入ることもある。そんな所へ行くのは自分だけのはずだが、昔は時々、動物を獲るための罠や、焚火の跡を見つけることがあった。また、キノコが捨てられていることもあった。その森から部落へ行くためには、切立った崖を降りねばならず、自分の脚では危険を感じる。だから、そこを逆に上がって来る人間は、屈強な足腰の男であるに違いないと思ったという。ところがもう七、八年前から、森の中に自分以外の人間が入った形跡は見つからなくなったというのだ。

「ふーん、んだがぁ……」と塚本はうなずきながら言った。「じゃあ、住んでいるのは母《おか》ちゃんと子どもだけが？」

「母《おか》ちゃんも生ぎでっがどうだが……」と郷太爺さんは言った。

「子どもは男が、女が？」

「わがらねんども、何となぐ女のようだ気ぃすって……」と爺さんは言った。

「なしてや？」と塚本は訊いた。

「いぢど森の中で、下の方がら女子《おんなんこ》の笑い声みだいなのを聞いたごどがあんなんや（あるんだ）」と爺さんは遠くを見るような表情で言った。

塚本は背筋に何か冷たいものを感じ、身震いした。文明から離れた山奥の、人を寄せつけない深い森に、少女が独りで棲んでいる。これが事実だとすれば、その子の生きざまを伝える記事は、大きな関心を引くに違いない。これがニュースでなくて何だろう。

「その子のいっどごさ（いるところに）連れでってもらえねが？」と塚本は思わず言った。

「ほんだごど、無理だで」と爺さんは目をむいて塚本を見た。そして「行げねどこさは案内などでぎね」と付け加えた。

「上がら見んなだけでも（見るだけでも）？」と塚本は食い下がった。写真だけでも撮りたかった。

「見えっどこさなど（見えるところに）家はねぇ」と爺さんは首を横に振った。

「んだば、女子《おんなんこ》の声を聞いだどごまでは？」と塚本はさらに言った。

すると郷太爺さんは、下を向いてボソッと言った。

「今頃は、あんだどごさだば行げねぇ。もう体がきっづぐでぇ……」

老人がそう言えば、塚本も諦めるほかはなかった。彼は爺さんに名刺を渡すと八久和ダムをあとにした。

塚本は支局に電話を入れ、夕食をすませてから、鶴岡市の自分のアパートへ帰るために車のハンドルを握った。朝日村から鶴岡市までの十五キロほどを、〝その場所〟へ行く方法を頭をしぼって考えた。と、佐竹次長が最初に言った言葉――「貯水池の下にトンネルがある」を思い出した。

——なんだ！

と塚本は、ハンドルを両手で叩いた。上から行くのが無理ならば、下から行けばいいのである。幸い彼にはスキューバ・ダイビングの経験があった。ちょっと大がかりになるが、やってみる価値は十分あると思った。

翌日の彼の行動は速かった。九時前には、出社前の支局長を電話口に呼び出して〝特ダネ〟の報告をし、取材のために多少の金を使うことの了解を取りつけた。そして酒田市まで車を飛ばし、カメラ店で水中撮影用のカメラ・ケースなどを買い、さらにマリンスポーツ店でアクアラング一式を借り出した。それから、支局には寄らずに、真っ直ぐ山形自動車道を通って八久和ダムまで突っ走った。

塚本には心配事がいくつかあった。その第一は、郷太爺さんが水没したトンネルの位置を知っているかどうかだった。これが分からなければ、特ダネ記事はほぼ絶望だ。第二の問題は、トンネルが分かったとしても、その中を通って反対側に出られるかどうかということだ。途中でトンネルが埋まっていたら、これまた絶望的だ。そして三番目の心配は、トンネルの向こう側に出られても、そこに誰もいない場合だった。が、そんな時は、四十年前からの経緯を記述しながら、その場に残された家や遺品、耕作跡などの写真を配して、推理小説風の面白い記事を書けるかもしれないと思っていた。

郷太爺さんは、留守だった。畑仕事でもしているのだろうと思い、塚本は家の裏手にある畑へ出てみたが、そこにも人影はなかった。爺さんは森の中へ行くのはもうきついと言っていたから、家の周辺にいるはずだと思い、塚本は周りを注意深く見た。そして、大声で呼んでみた。

「すいませーん!」

その声は、辺りの緑に吸い込まれ、何も返ってこなかった。

「ゴウタじいさーん!」

もう一度呼んだが、結果は同じだった。

塚本は、爺さんの名を呼びながら自分の車の方へゆっくりと歩いて戻った。貯水池で魚釣りをしているかもしれないから、ダムまで行ってみようと彼は思った。堤の上から眺めれば、居場所がわかるかもしれない。

八久和ダムは、五月下旬の午後の陽射しに照らされてまぶしく輝いていた。車の上方に覆い被さるように繁る木々の間から見ると、それがトンネルの出口のように見える。塚本は車のアクセル・ペダルを踏み込んで坂道を上る。と、ダムの堤の上に自動車が一台停まっているのに気がついた。郷太爺さんは車を持っていないから、誰か別の人だ。近づいていくと、その車体には電力会社のロゴマークが見える。ダム管理の会社だ。その車の近くに作業服姿の男が二人立っていて、堤の上から貯水池を覗《のぞ》き込んでいる。塚本は堤の上で車を止め、ドアを開けて外へ出た。作業服の二人は彼の方を見た。塚本は二人の方へ歩いて行く。

「こんにちは」と塚本は言った。

二人は軽く会釈をしてそれに応えた。

「人を捜してるんですが……あっちの家に住む郷太爺さんって人です」と彼は言って、爺さんの家の方角を指差した。

「あぁ、あの爺さんね」と、背の低い方の年長の男が口を開き「今日はまだ会ってないね」と言った。アクセントのない標準語だった。

「家にいないんですが、どこにいるか分かりませんか?」と塚本は言った。

背の低い方が肩をすくめ、高い方は首を横に振った。そして、「爺さんは神出鬼没だからね」と言った。

「山の向こうのミトウの村へでも行ってるかな」と、背の低い方が笑いながら言った。

「ミトウの村?」と塚本は訊いた。嫌な予感がした。

「前人未到って言うでしょう。爺さんだけが信じてる秘境のこと」と背の低い方が口をゆがめながら言い、若い相棒と顔を見合わせた。

「そういう場所はないんですか?」と、塚本は努めて平静を装いながら言った。

「あのね」と、背の低い方が真面目な顔にもどった。「ここは二十一世紀の日本。それに私らは、電線の補修や点検でどんな場所にも行く。山のことは爺さんより知ってるよ」

「ああ、そうですか……」

塚本はそれだけ言うと、礼もそこそこに踵《きびす》を返して歩きだした。顔が火照《ほて》っているのが自分でもよく分かった。

2

塚木敬三は、八久和ダムの堤の上に停めた自分の車にもぐり込むと、エンジン・キーを回した。車内にはムッとするような熱気がこもっていたので、エアコンの出力を最高にして車を動かそうとした。

——でも、どこへ行けばいいか?

彼は途方に暮れていた。郷太《ごうた》爺さんの言葉を信じて、このダムの裏山に、人が四十年も入ったことのない秘境があると思い、しかもそこに少女が独りで生きているかもしれないと考えるなんて、いかにも子供じみたロマンチストだ——そう考えると、新聞記者になって十年たつ自分が情けなかった。もう急な山を歩けない爺さんが言うことよりも、山のどこへでも行く電力会社の人の言葉の方が、よほど信憑性があるに違いなかった。

これから自分の職場の鶴岡支局へもどるべきか？　が、支局長に何と言えばいいのか。「あれはガセネタだった」では、あまりにも惨めだ。何かもっと本当のことをつかまなければならない、と彼は感じた。

塚本の車は、やがて郷太爺さんの家の近くまでやってきた。

——老人をつかまえて責めても仕方がないし……。

と思いながら、彼は無意識に車の速度を緩めていた。

と、爺さんの家とは道路をはさんで反対側の草むらの中で、人が立ってこちらに手を振っているのが見えた。近づいていくと、それは郷太爺さん本人だった。塚本が車を停めて窓から顔を出すと、

「ミズノヒイデッドゴガアル！」と爺さんは大声で言った。

塚本には何のことか分からなかったが、この機会に、あの老人の頭の確かさを調べておく必要があると考えて、彼は車を降りて郷太爺さんの方へ歩いていった。爺さんは、ゴム長靴をはき釣竿を肩にかついでいる。

「何があんなだって（あるって）？」と塚本は、爺さんから一メートルほどの距離に近づ

いた時に言った。

「湖がら水の引いでっどごがある」と爺さんは、同じ言葉を繰り返した。

今度は塚本にも言葉の意味は分かったが、それを言うために爺さんがなぜ自分の車を停めたのかは分からなかった。

「そいは何だや?」と塚本は言った。

爺さんは塚本に顔を近づけ、周囲に気を配るようにして言った。

「そごがら部落さ通じでっがもしんね」

郷太爺さんは、塚本と同じことを考えていたのだ。そういう部落がもしあるとしたら、森を通って「上」から行かなくても、貯水池の下に水没したというトンネルを通って「下」から行く方法が残されている、と彼は思ったのだ。郷太爺さんは、そのトンネルがある場所を見つけたというのだろうか?

「トンネルの位置がわがったなだが（わかったのか）?」と塚本は確認した。

「んだど思う」と爺さんは上目遣《うわめづか》いで頷きながら言った。

塚本は疑っていた。山には湧き水や川があるから、それが注ぎ込む湖の中に流れが生じることは不思議でない。また、貯水池から水が流されれば当然、不自然と思える流れも生じるだろう。そういう水の流れの一つを、爺さんは自分の信じる〝秘境〟への入口だと勝手に解釈しているに違いない。そんな老人の思い込みに自分はつき合うべきかどうか、彼は迷っていた。それに、長い貯水池の周囲をすべて捜した結果見つけたわけでもないだろう。たまたま見た場所にそういう流れが起こっていたというのは、話ができすぎている。

「偶然、見つけだなだが（見つけたのか）？」と、塚本は訊いた。

爺さんは口を閉じたまま、ゆっくりと首を横に振るだけだ。何か言いたくないことがあるようだった。が、その目は真剣で「来るのか来ないのか？」と決断を迫っていた。

「んだば、行ぐ」

と塚本は答えた。ここまで来たなら、無駄足を踏むのも支局に帰るのもそれほど違いはないと思ったからだ。

彼が急いで車に引き返し、カメラを首にかけてもどってくるのを見ると、郷太爺さんは何も言わずに体を翻し、先にたって林の中へどんどん入っていった。老人の足腰は意外にしっかりしている。塚本は、足元に注意しながらその後について斜面を降りていった。

そこには明らかに道ができていた。獣道《けものみち》というよりは、人一人が歩けるように踏み固められた細い道だった。ということは、郷太爺さんは今偶然「トンネルの位置がわかった」のではなく、前からその場所を知っていたのだろうか、と塚本は訝《いぶか》った。もし知っていたならば、何のために道を作ってまでそこへ行ったのだろう、と次の疑問が浮かんだ。塚本は、先に行く老人にその疑問をぶつけてみようと思ったが、老人の足は速く、遅れないようについて行くのがやっとだった。

五分ほど急斜面を降りたところで、視界が広がり岩場に出た。爺さんはその岩の上に立って下を見下ろしている。塚本が近づいていくと、

「ここは俺の釣り場だ」と爺さんはボソッと言った。

岩の下は切立った崖で、三メートルほど下に碧《みどり》の湖水がゆっくり渦巻いているのが見えた。爺さんは続けて言った。

「いづもだば水面がもっと高っげなんども、今日だば放流してっさげあんだげ低いなだ」

爺さんが指差した場所では、水が渦巻きながらゆっくりと岸の岩場の方向に動いてい

く。その流れに乗って竹の葉が何枚も岩陰に吸い込まれていく。「あっこ（あそこ）がトンネルだていうなだが？」と塚本は言った。

爺さんは目を動かさずにうなずいている。

「しかし、放流中だば湖さいろんだ流れがでぎんなだの（できるんですね）？」と、塚本は嫌味にならないように気をつけて言った。

「記者さんよ……」と、爺さんは今度は塚本の目を真っ直ぐ見て言った。「あんだが信じられねぇのはよぐわがでば（よくわかる）。んだでも、この間は草履《ぞうり》があっこから流れできた」

塚本は表情をこわばらせた。郷太爺さんは、ここで普段から水の動きを見つめていたに違いない。ダムが放流する時にどういう流れが起こるかは、爺さんにはよく分かっている。流れに乗っていろんなものが眼下を通過したに違いない。しかし草履とは……。

「どげだ草履だけ？」と塚本は訊いた。

「小っちぇ草履でだいぶ古がった。ここらあだりで草履をはぐ人などいね」と爺さんは言った。

塚本は、爺さんの頭がしっかりしているのがよく分かった。自分には言わないが、爺さんは「トンネルの向こう側」についてもっと知っているのかもしれない。彼は自分の腕時計を見た。もう午後三時を回っていた。早く行動を起こさなければ夜が来てしまう。

「あそごさ潜ってみでも大丈夫だが?」と塚本は言った。

「そんだ格好でが?」と爺さんは驚いた表情をした。

「んでね、潜水用具が車さあんなだ（車にあるんだ）」

「したば（じゃあ）、おれは筏《いがだ》を出すさげ」と爺さんは言って、満足したように微笑んだ。

それから二十分後には、ウェットスーツに潜水用具一式を身につけた塚本が郷太爺さんの筏の上にいた。筏を爺さんの釣り場の下まで移動させると、塚本の心臓は大きく鼓動しはじめた。それは潜水への期待に加え、爺さんの考えが正しいことを示す証拠がそこにいくつもあったからだ。水位が下がった湖面から見ると、問題の岩場の下は自然の崖ではなく、石が人工的に積まれていた。少し離れた位置からその形を見ると、それはアーチ型に石が組み上げられたトンネル入口の最上部であることが容易に想像できた。ということは、爺さんはずっと前からトンネルの場所を知っていて、その真上に釣り場を構え、そこでトンネルの向こう側の世界からの信号を待っていたのではないか？

塚本が郷太爺さんの方を振り返ると、爺さんは彼を見て何度もうなずいた。

「トンネルの長さは？」と塚本は言った。

「わがらねぇ。だが、素潜りでだば（素潜りでは）息がつづがねはずだ」と爺さんは言った。

塚本は命綱を爺さんに渡すと、冷たい湖水に背中から身を躍らせた。

水中の光景は見事だった。湖の下に森があった。その木々の間をイワナやニジマスが体を光らせながら群をなして泳いでいた。彼はマスクからの水抜きなど潜水の準備を手早くすませると、その森の方向へ進みたい衝動を抑えて、暗い岸の方へ体を向けた。するとトンネルの闇の先の、恐らく百数十メートルの距離のところに、半円形の光がぼんやりと見えた。トンネルは埋まっておらず、簡単に向こう側へ抜けられそうだった。しかし、命綱の長さはとても足りなかった。塚本はいったん水面に浮上すると郷太爺さんにそのことを告げ、「三回引いたら命綱を放す」ように言い、再び水中にもどった。湖水の冷たさから考えると、体が冷えすぎないようにできるだけ早くトンネルを抜けるべきだと思った。

　塚本はトンネルの闇の中で一点の光を見つめながら、足ヒレのついた両足で力強く水を蹴りつづけた。照明用のヘッドランプはあまり役に立たなかった。体に着けた錘《おもり》が不足しているのか、体の安定が悪かった。彼は、潜る前に郷太爺さんが言っていた「素潜りでは息がつづかない」という言葉が気になっていた。爺さんは実際に潜ってみたのだろうか？　それとも誰か別の人が素潜りを試みて失敗したのか？　あるいは身元不明の死体が……？　塚本はゾッとして体のバランスを崩し、水を両手で掻いた。首に下げた潜水用ケースに入ったカメラが、水の抵抗で一瞬重く感じられた。死体が上がったとしたら、警察はそれを調べるだろう。朝日村警察の佐竹次長は、だからこの話を自分にしたのか？　いったい誰の死体だったのか？　男か、女か？　何歳ぐらいか？

　塚本の心は、期待と不安ではちきれそうだった。命綱の長さの距離はたちまち過ぎ、彼は天涯孤独の別世界へと突き進んでいく自分を感じていた。ふと酒田市に住む両親のことが頭に浮かんだ。支局長の顔が脳裏をよぎった。自分の「特ダネ」記事が大きく紙面を飾る光景が見えた。自分は絶対生還しなければならない！

　トンネルの向こう側は光に溢れていた。

暗闇に慣れた目は、水面から顔を出しマスクを外したあとも、しばらくは盲目状態だった。塚本は、自分が森の中の広い池に浮かんでいることが分かった。

目の前の七十メートルほど先にある急斜面を小鹿がゆっくりと登っていくと思った。が、その小鹿は二本足で、角はなく頭部が黒かった。それが後ずさりしながら斜面を登る姿を見ているうちに、人間の女であることが分かった。女は、逃げるべきか近寄るべきか迷っているようだった。塚本は右手でカメラを持ち、左手を振って「オーイ」と女に呼びかけた。女はビクッと体を震わせると、二、三歩大きく後退した。郷太爺さんの話が正しければ、女は言葉がわかるはずだ。

「ぼくは友だちだ!」と塚本は言った。「山の向こうから来た」

女は動きを止めてこちらを注視している。塚本は防水ケースに入ったままのカメラを構えると、その姿を二、三枚写真に撮った。が、ケースについた水滴のおかげで写真がぼやけてしまったと思った。また、望遠レンズを持って来なかったことを悔やんだ。彼は急いで岸へ向かって泳いだ。岸は岩場になっていて、苔や藻類《そうるい》でぬるぬるしていた。足が岩についた所で水から立ち上がったが、潜水服姿を見て驚いたのか、女は小さな叫び声を上げると背中を向けて斜面を登っていく。

「待ってくれ！」と塚本は大声を出した。

と同時に、水から上がった装備の重さで体のバランスを崩し、岩のぬめりに足をすくわれて仰向けに転倒した。

塚本は腰の右側をしたたか打って、しばらく起き上がれなかった。背中のエアタンクが岩にぶつかって硬質の音をたてたのが心配だった。しかし、そのおかげで頭を打たずにすんだ、と彼は思った。カメラは無事に首から下がっているようだった。彼は薄桃色に染まった雲を見ながら、腰の痛みが引いていくのを待った。

塚本はふと、頭の後ろでシューシューと小さな音がするのに気がついた。ヘビでもいるのかと思い、あわててエアタンクを外して起き上がり、身構えた。が、動物の姿は見えない。その音は、岩場に置いたタンクの方から聞こえていた。その意味を考えたとき、塚本の顔からは血の気が引いていった。空気ホースかバルブのどこかが破損し、タンク内部の圧縮空気が漏れているのだった。それは、トンネルの向こう側にはもどれないという意味だった。

3

山形合同新聞の社会面に「森の奥から」という題の六段組みの記事が載るようになったのは、同紙の記者、塚本敬三が八久和ダムで姿を消してから二週間以上たった、六月初めのことだった。

この記事は同紙の鶴岡支局長、長沼章二の署名が入っていたから、山形県内のマスコミ関係者の間では当初、少し話題になった。というのは、新聞社の支局長が自分で記事を書くことなどほとんどないからだ。支局長には記者出身者が多くいるとはいえ、毎日の仕事は管理業務が主体である。記者が現場で書いて上げてくる記事を編集する「デスク」の役も、支局長より下の管理職がするのが普通だから、それはよほど重要な記事か、あるいは支局に書き手が足りないかのいずれかだと思われた。

しかし、記事の内容は一見重要とは思えなかった。

それは、人里離れた山中に住む一組の若い男女の生活を淡々と描いていた。また、この男女の住む環境はどこか現実離れしていたため、その記事の内容は筆者が創作した一種の小説だと考える人も多かった。特に、書き手が新聞社の支局長であることを知っている少数の者にとっては、他に忙しい仕事のある人間が、何の目的で現実性の乏しい小説を書くのかが、不思議だった。

「あれは長沼さんの一種の道楽だろう」と考える人もいれば、「ヒマネタ用に書きためたものを小出しにしているのかも……」と疑うものもあった。

新聞やニュース番組は、新しい出来事や重要な事件がない時にも発行され、放送され続ける。「ヒマネタ」とは、そういうホットなニュースがない時でも使えるように、そう新しくはないが、古くもなりにくい性質の話を、記者たちが書きためておくものだ。大きなニュースが飛び込んで来れば、そんな記事は外されてしまい、別の時に回されるか、あるいはまったく日の目を見ないこともある。だから、支局長がそんな記事を書くことは普通はありえないのだった。

塚本記者の失踪とこの記事が関係していることを知っているのは、実は長沼支局長だけだった。長沼章二は、自分の部下が失踪するなどはなはだ不名誉のことだから、塚本の行方不明を公にするつもりはなかった。また、彼には「塚本は必ず帰ってくる」という信念があった。だから、警察へ捜索願を出すこともしなかった。塚本は特ダネを取りに山へ入ったのであり失踪したわけではない、と彼は信じていた。警察が動けば当然、塚本が何を追っていたかが問題になる。が、それは特ダネだから、内容を誰にも話すわけにはいかないのだった。また、塚本が警察に発見されれば特ダネも公になって、価値を失ってしまう可能性がある。だから長沼は、この出来事をできるだけ「何でもないこと」として取り扱おうと思っていた。

しかしその一方で、部下の安否は心配だった。塚本から連絡が途絶えて二日たつと、長沼はさすがに不安になった。八久和ダムへ行ったということは電話で本人から聞いていたから、まずそこへ行った。すると彼の車があった。近くに独りで住む老人が、塚本の行方を話してくれた。郷太爺さんだ。爺さんはその日、塚本が「もどって来る」とは言わなかったので、ウェットスーツ姿の彼が水中に身を沈めたあと、筏の上で釣り糸を垂れ、暗くなると家へ帰った。長沼は、そんな爺さんから山奥の部落の話をいろいろ聞き出してみた結果、塚本は遭難したのではなく、まだ取材中だと確信した。携帯電話が車中に残されていたから、連絡がない理由は分かった。が、不審なのは、ダイビングをする彼が、あの後、トンネルのこちら側へ一度ももどらないことだった。大事件を取材中の記者は、上司にこまめに連絡して状況を知らせるのが鉄則だが、塚本はそれを怠っている。その理由が長沼には分からなかった。

長沼は、その時はいったん鶴岡市へ帰ってから、郷太爺さんに頼んで、別の日に塚本が姿を消したトンネルの所へ連れて行ってもらった。「行くならダムの放流中がいい」と爺さんに言われたので、電力会社に放流の予定を聞き、その時間に合わせて来た。郷太爺さんは、塚本の時と同じように、筏に長沼を載せてトンネルの入口付近まで連れて行った。爺さんの話では、放流によってダムの水位が下がるにつれて、トンネルの向こう側からこちらへ水流が生じるから、その流れに乗って部落の存在を示すようなものが流れて来ることがあるというのだ。爺さんは、そうやって流れてきた小さな古い草履の話を、長沼にもした。

長沼は、その日暗くなるまでの半日を、筏の上でトンネルの入口に注意しながら、本を読んで過ごした。爺さんはその間、静かな湖水に釣り糸を垂れ、体長二〇～三〇センチのニジマスを三尾釣り上げた。一人暮らしの爺さんの夕食には多すぎる成果だった。

もう日も落ちて暗くなり、本も読みにくくなるから帰ろうと長沼が郷太爺さんに話しかけた時、爺さんがトンネルの方を指差して言った。

「あれ、何だやー？」

妙に頭の大きい黄色いヘビのようなものが、トンネルの入口あたりを力なく泳いでいる、と長沼は思った。が、よく見ると、死んだように体は動かない。ダラリと体を伸ばしたまま、流れに乗ってゆっくりと二人の方へ近づいてくる。郷太爺さんは、釣竿を筏用の棹に持ち替えると、筏をその黄色い長いものの方へ動かそうとしている。黄色いものの頭は円筒形に見え、その胴は骨や肉を失って皮だけがぶら下がっている。

「ビニールでねぇ（ビニールか）？」と爺さんは言った。

そう言われると、長沼にもその長いものが黄色いビニールテープに見えてきた。爺さんは棹を伸ばして、その黄色いものの〝頭〟の部分をつつきながら、近くへと引き寄せた。

長沼はそれを見て「あっ」と声を上げた。それは、ビニールテープを巻きつけた、プラスチック製のフィルム・ケースだった。彼は、自分が昔記者だった時、予備のフィルムをケースごとカメラのストラップにテープで巻きつけて持ち歩いていた。取材中にフィルムが足りなくならないようにするためだった。最近の記者はデジタルカメラを持ち歩くようになったが、塚本はフィルム・カメラを愛用していた。だから、これは塚本からのメッセージかもしれない、と彼は直感した。そう思うと、テープがきちんと巻かれずに、よじれながら垂れ下がっているのも、その黄色が、青や緑の水の中でよく目立つように塚本が工夫した、という気がした。

長沼は、郷太爺さんからそれを受け取ると、周りの水を注意深く拭き取ってからケースの蓋を開けた。中からはフィルムではなく、小さく折り畳んだ紙が出てきた。開いてみると、細かい文字がビッシリと書いてある。しかし、日没後の薄暗がりでは読むことができない。長沼は、郷太爺さんに筏を岸に寄せてもらい、何度も礼を言ってから自分の車に飛び乗った。

車内燈の明かりで文字はどうやら判読できたが、長沼は郷太爺さんが興味をそそられてやってきては困ると思い、車を五百メートルほど鶴岡市方向へ移動させた。路肩に車を寄せてから携帯電話で支局を呼び出し、電話口に出た編集デスクに、自分は社へはもどらないからと言って、翌日の紙面づくりを任せた。そして、フィルム・ケースの中のメッセージを読み始めた。文章は、社用の原稿用紙の裏側に黒いボールペンで書かれていた。

——この手紙を拾った方は、どうか一刻も早く、山形合同新聞鶴岡支局の長沼章二支局長に連絡し、これを渡して下さい。以下は、同支局長宛文面です——長沼さん、塚本は無事でトンネル先の部落にいます。他の方法で連絡できないのは、エアタンクの空気が抜けたからです。トンネルは百メートル以上あり素潜りでは抜けられません。でも、そちらから予備タンクをもったダイバーを一人送ってもらえれば、いつでも簡単に帰れます。でも今は帰りません。書くことが山ほどあります。その代わり、車に置いてきた携帯電話（携）と、原稿を送るためのフィルム・ケースを二、三十本（三五ミリではなく、ブローニー判をお願いします）と、目印用の黄色いビニールテープを数本送ってほしいです。こちらには電気が通っていませんから、

（携）は充電不可でいずれ使えなくなります。その際は知らせるのでよろしく。そこで（携）は緊急時使用に限定し、原稿は紙に書いて送ります。そちらから物を送る時は、密閉容器に入れてダイバーに運んでもらうのはどうでしょう。しかし、くれぐれも記者やカメラマンを送らないで下さい。女の子はとても臆病で神経が繊細です。武骨な男が何人も来て静かな生活を乱すのは困ります。取材が台無しになります。詳しい理由は後で書きますが、このことはぜひお願いします。五月二十三日、塚本敬三――

手紙の日付は、塚本が消息を断ってから二日後のものだった。長沼の手は興奮で震えていた。いっそ自分一人が塚本に合流し、あちらに前線本部を構えて陣頭指揮を執りたいと思った。が、こういう場合は、現場の記者の判断に任せるのがいちばん確実だということを、彼は経験から知っていた。そこで長沼は翌日、ダイバーに頼んで、塚本が望んだ品物に原稿用紙や筆記具などを加えて、トンネルの向こうへ送らせた。

こうして、長沼は塚本との連絡ルートを確保したのだった。

塚本からの原稿は、ダムの放流に合わせて送られてきた。送られてくる原稿を読み進むにつれて、長沼の心からは当初の興奮がしだいに退き、代わりに悩ましい思いが広がっていったのである。

塚本と一緒にいる女性は「サヨ」という名前だが、自分の苗字を知らなかった。年齢も不詳だが十五歳ほどに見えるという。十歳のころに唯一残された家族である母を失っており、ここ四、五年は独りで生きていたらしい。食べるために簡単な農業を行い、山菜やアケビやサルナシなど木々の果実を採る。また、貯水池の魚や貝類が主たる蛋白源らしい。日常会話に不自由はないが、ラジオやテレビ、ゲーム、電話、自動車など現代人の生活に関する言葉は、何も知らない。その代わりに、虫や植物や動物については驚くほど詳しいという。ただし、文字の読み書きはできない。

家は昔の日本家屋で、今風に表現すれば「4DK」である。もちろんすべて和室で、畳はない。昔はあったのだろうが、今は葦《あし》を編んで作ったゴザのような布団が床の隅に敷いてあり、夜はそれが寝床になる。着ている服は、昔母親が着用していた昭和三十年代の質素な和服や作業服を補修したものだ。裁縫道具などは当時のものがまだ残ってはいるが、糸や布地はないから、父親の服から必要なものを外して使ったりしている。彼女の父親は農夫でも猟師でも、漁師でもあったから、彼の使った道具があることが救いだった。旧《ふる》い大工道具も残っているから、簡単な家の補修もできる。サヨは、そういうものを必要に応じて使いながら、古い家屋を維持し、簡単な道具も作ってきた。時には、倒木から材木を作ることもしていたようだ。

問題は、その場所からサヨがなぜ抜け出せなかったかということだが、第一の理由は物理的なものだ。その部落は、周囲を山で囲まれたスリ鉢状の低地にあった。家の裏手を十メートルほどもある切立った崖が囲っていて、塚本は何度かそこをよじ登ってみたが、途中で、張り出したマツの幹に妨害されたり、苔の生えた滑りやすい岩肌に遭遇して危険を感じた。それでも彼女の父親は、その崖に足場を刻み、木の幹からロープを下げて、崖登りのルートを作ったそうである。が、彼が死んだ後、そのルートは旺盛な自然の再生力のおかげで失われていた。

それに、彼女は高所恐怖症だった。幼い頃に、父のマネをして崖から落ちた記憶があるらしかった。彼女の体はすこぶる健康だったが、三メートルの高さから、もう下を見ることができなかった。

家の前方に広がる湖――というよりは大きな池――を泳いで渡り、その先にある山を越えて行く方法もあるはずだった。しかし、池は八久和ダムの貯水池に直結していて、放流のたびに水面が上下するから、この周辺の崖は、岩にひろがった藻類のぬめりも加わって裏山よりなお危険だった。

長沼が、塚本の書く記事を読みながら「悩ましさ」を感じるようになったのは、部下であるこの若い独身記者が、〝自然児〟として育ったその少女に惹かれ、彼女の生き方に驚嘆しながらも、少女を現代社会に連れもどそうと努力していることが文章の端々から感じられたからだった。そこには、解決困難な大きな矛盾があることが長沼にはわかった。彼女のことをいったん報道すれば、次に襲い来るマスメディアの容赦ない取材によって、サヨの静かな生活が破壊されるだけでなく、興味本位の報道で彼女の貴重な私生活が汚され、あるいは捏造《ねつぞう》される危険性もある。最悪の場合は、親のいない無抵抗な少女の精神が、異常を来たす可能性もあった。そういう犠牲を払ってまで、この無辜《むこ》の少女を現代に引きもどす価値が本当にあるかを、塚本自身が疑っていた。

長沼の場合、サヨが未成年であることも心配だった。未成年者は保護されねばならないが、彼女の身内はすでにおらず、身元引受人を決めるとしたら、事の成り行き上、それは自分の責任ではないかと感じていた。だから、塚本の記事は自分がリライトし、少女の保護に努めよう。そのためには、取材対象を特定せずに、しかも事実はありのまま書く――これが、考えた末の長沼の結論だった。

こうして、山形合同新聞の不思議な連載企画は始まったのである。

4

六月初旬、山形合同新聞の第二社会面には新しい連載記事の開始を告げる短い案内が載った。

本紙では、明日の紙面から毎日曜日に、自然と人間の共生をテーマとした新企画「森の奥から」をスタートさせます。本企画は、県内の山奥に〝陸の孤島〟として残された集落で生きる一組の男女の生活を描きながら、現代文明から隔絶された環境の中で生きる可能性を考えるものです。

こんな簡単な文章からは、新聞の読者はこの記事が事実の報道なのか、何かの実験なのか、あるいは創作の一種なのかを読み取ることはできない。が、普通、新聞記事は事実を伝えるものだと理解されているから、翌日、この新企画の第一回目を読んだ読者は、何かはぐらかされたような印象を抱くことになった。

森の奥から ①少　女

その集落には、出口も入口もなかった。

紺碧の水を湛えた一千坪ほどの池を前にして、古い平屋の日本家屋が三棟並んで建っている。その集落と池を取り囲むようにして、切立った崖が迫り、さらに鬱蒼《うっそう》とした森が、その上に覆い被さるように山の上まで続いていた。

文明から取り残されたこんな集落に、一人の少女がいた。いや、もっと正確には、ここには最近まで一人の少女しかいなかった。年齢は十五、六歳。太い眉の下につぶらな瞳が輝く一見、ごく普通の少女。だが服装は、昭和初期を描いた歴史教科書から抜け出してきたように、色あせ、すり切れた着物に身を包み、足には草履《ぞうり》をはいている。彼女はテレビを知らず、ケータイを知らず、マンガも読んだことがなく、読み書きもできない。

その代わり、少女は自然を知っていた。太陽の位置や鳥の飛び方で時間を知り、雲の流れや虫の動きで天候を予想する。森の落ち葉の上に残された糞を見ればその動物が分かり、鳴き声で鳥を言い当て、足跡をつたってウサギの巣を見つけた。実のなる木や草の場所を正確に覚え、食べられる草、薬用の草、毒草の別も知っていた。池の中で湧き水が出る位置を記憶し、周囲に集まる魚をヤスでしとめる敏捷さがあった。

少女の家は、池に面して建つ三棟の中の真ん中の家屋だった。とは言っても、他の二棟は空き家だから、彼女は必要があればどの家にも出入りできる。が、自分の家には土間以外に四部屋あったから、それだけでも独り身の生活には広すぎた。

少女は七歳のころ父を失い、十歳ごろに母親を失った。父の死の理由を彼女はよく知らないが、母は病死だった。家の裏手の崖下の一角に母のつくった父の墓があったが、少女はその脇に母の亡骸《なきがら》を葬った。その一角は、彼女の聖地だった。毎朝、少女はその前に収穫物や森の恵みを捧げ、ぬかずいて親の霊、先祖の霊に感謝した。彼女にとって、それは単なる儀礼でもまじないでもなく、祖霊との親しい交流の場だった。自分が日々生きていけるのは、父母が伝えてくれた自然の知識と、遺してくれた種々の道具のおかげであることは、彼女にとって痛いほど自明だ。

その両親の背後に、少女は自分の命を支えるおびただしい数の命の集団を感じた。それは生物の命の連鎖であり、それを包み込む強大な自然の力だった。自然は彼女の神であり、命だった。その前でひざまずく少女は、一人の幸せな神子《みこ》だった。

この朝の祈りをへて、少女の一日は始まった。

（長沼章二）

この連載第一回の文章を読んで、これを小説の一種だと感じた読者が半数ほどいたようである。なぜなら、普通の新聞記事に欠かすことのできない「いつ・どこで・誰が・何を・どうした」という事実関係の情報が、この記事にはほとんどなかったからである。そして、「創作だから読まない」と思った人、逆に「創作だから読もう」と思った人の割合も、ほぼ半々だったことが後の調査で分かっている。とにかく、この連載企画はセンセーショナルなところが何もなく、静かに滑り出したのである。

森の奥から　②生　活

朝の祈りを終えた少女は、食料の確保を始める。

食料は季節によって様々だ。家の東側に小さな畑があり、そこで穀類や野菜が採れる。アワやヒエなどの穀物は年一回の貴重品だが、野菜は初夏の今ごろはキュウリ、ニラ、ダイコン、ゴボウなどが育っている。少女はそれを満足そうに見回った後、崖の手前の林に入って山菜や木の実も採る。山菜はフキやアザミ、オオバコ、ミツバなどが豊富にあり、たまにネマガリタケも採れる。木の実ではキイチゴ、クワ、ウグイスカグラ、ナツグミなどが手に入る。集落の周囲の林を一時間も歩けば、持っている麻袋は収穫物でいっぱいになった。

食料を確保すれば、それが朝食になる。火は、父の作った簡単な着火器でつくる。革ヒモを巻きつけたカシの棒を皿状の木に押しつけて高速で回転させ、その摩擦熱で枯葉や木くずを燃やすのである。ハゼの木の樹液から作ったロウソクもあるが、これは貴重品だから夜間の照明に限られていた。主として枯れ草や林の柴で火を燃やす。だが、嵐などで倒木があれば、それは冬期をしのぐ薪や炭の材料となる。

秋ならば朝食のあと、少女はそんな冬越しの準備をすることが多いが、初夏である今の時期には池で漁をしたり、湿地に生えるスゲを集めたりする。魚はイワナやニジマスが捕れ、エビやカニなどの甲殻類や貝類も決して珍しくない。

スゲは、加工して衣類や日用品を作る絶好の材料だ。梅雨時は濡れるのを避けて、家の中で手芸をすることもある。手芸といっても、木綿糸や毛糸があるわけではないので、スゲの繊維をつむいでヒモをつくり、それを編んで敷物や窓の覆いなどに仕上げる。少女は今、母がツユクサの花を使って染めた紫の柄の敷物を手本にして、小さな土瓶敷きのようなものを作っている。また、同じスゲで丈夫な草履が作れたし、雨天時にかぶる菅笠や蓑も製作した。

中学生の年齢でこれだけのことができるのは、すべて両親のおかげだった。というよりは、受験も学校も宿題もない生活では、少女は小さい頃からいつも手仕事をする母親の横で真似をしていたし、父親が亡くなった後は、父の領分だった農耕や漁労を母親が担当する代わりに、少女が母の仕事を受け継いだから、嫌でも技術を習得することになった。しかし、母を失ってからは、そんな手仕事で完成させた作品を見て喜んでくれる人がいないのが、少女はとても寂しかった。

〝自然児〟として自由に生きている少女ではあったが、闇が押し寄せる夜は、さすがに恐ろしい。夜行性の動物が活動するだけでなく、家の中にいても、部屋の四隅から彼女を取り囲むように迫ってくる暗黒から身を護るために、少女は神様の名を呼んだ。その神様は母親の顔をしていることが多かったが、たまに父親の顔になっていた。そんな神様との懐かしい思い出を瞼の裏で確かめているうちに、少女はいつのまにか眠りについているのだった。

（長沼章二）

森の奥から　③信　仰

少女にとって、神の存在は疑いの余地のない自明な事実だった。ただしその神は独りではなく、数多くいて、それぞれ違った性質と特徴をもっていた。すべての自然物は、その背後に神がいて命や運動を支えていた。その神々の働きによって、自然界には新しい命が生まれ、古い命は消えていくのである。

空を飛ぶ鳥が美しい形で編隊を組むのは、個々の鳥が相談して位置を決めるのではなく、背後にいる鳥の神が、隊形によって自らを現わしているに違いなかった。魚が群泳しながら、一瞬も違わずに方向転換したり、マスゲームのように一斉に集団の形を変えることができるのは、個々の魚の意志でないことは明らかだった。それは、魚の神が踊っている姿だった。魚の神が、個々の魚の姿をまねるのではなく、神の形が個々の魚に体現されているのだ。特定のキノコが、ある朝、全山の様々な場所で一斉に頭をもたげるのも同じだ。足のない彼らが相互に連絡できるはずがなく、それはキノコの神が腰を上げたに相違なかった。

こうして少女の見る世界には、それぞれの生物種の命を支える神がいるばかりでなく、それら生物種の神の命を束ねる〝より高次〟の神もいた。ニジマスの神がイワナの神に迷惑をかける時は、魚類全体を支配する神が調整に乗り出した。藻類が池で異常繁殖して魚類の命を脅かす時は、山と池の命を支える土の神と水の神が額をつき合わせて相談しているはずだった。それでも問題が解決しない場合は、天空の神の援助を得て大雨を地上に降らせ、新鮮な酸素を池に注入する場合もあるのだった。

少女の信仰の世界では、だから「神」は個々バラバラの独立した存在ではなく、みなが深く連関し、互いに重層的につながりあって「命の営み」を継続させる目的で支え合っていた。

「命」も個々バラバラではなかった。命の営みは、見えない大きな「流れ」だった。ノウサギが死んで、死骸が虫や鳥に食われても、命それ自体は無くならずに、ノウサギから虫や鳥に流れ込み、ノウサギの体液も土中に染み込んで植物やキノコの命へと「転移」するに過ぎなかった。そして、虫や鳥、植物や菌類が死ぬときには、「命」は必ず次なる〝居所〟への移行を準備しているのだった。

命はこうして目に見えないながら、確かに実在していた。命を覆う〝外衣〟は目に見えても、その中身は隠されていたから、それは「隠れ身」であり、カミであった。少女の父母も、同じように神として実在していた。それは他のもろもろの命と合流し、自然界の命の循環に身を委ねているだけでなく、「見える世界」に無数の糸を引いていた。自然界の生物の多くは、個体の死によって「見える世界」から完全に消え去る。しかし人間は、個体の死後も「見える世界」に痕跡を残す。それは家であり、道具であり、墓であり、絵や文字である。そういう見える痕跡を媒介として、見えない命の世界、神の世界にいる個生命とがしっかり結ばれていた。

だから、父の使った道具を見て少女は父を感じ、母の染めた敷物の上で少女は母の存在を如実に感じた。それは、両親の墓の前で見えない命に語りかける時よりも深く、具体的な実感であることさえあった。

（長沼章二）

長沼章二は「森の奥から」の連載第三回までを書いてから、この企画には新聞記事としてやはり欠陥があると感じだした。読者からの問い合わせの中に「記事の意図がわからない」とか「創作ならば創作らしく主人公の名前を書け」などの注文があるだけでなく、書いている自分自身でも、内容が抽象的、概念的で臨場感がないことに不満を覚えていた。

記事から具体性を省いているのは、もちろん情報源である未成年者の「少女」を護り、部下の塚本の取材活動を助けるためだが、そんな異例の処置をしたとしても、出来上がった記事が読まれないのでは、そもそも何のための企画か、という疑問が湧いてくる。

三回の記事はみな塚本に見せたが、彼からも不満の声が上がっていた。「人間が出ていない」というのだ。その通りなのだ。だから四回目以降は、自分は編集デスクの役柄にもどって塚本に記事全体をもっと自由に書かせ、署名も彼のものにすべきか、とも考えていた。とにかく、塚本とは一度直接会って話をしなければならない、と長沼は強く思った。フィルム・ケースを介した文通や携帯電話での話では、どうにもならないことが数多くあるのだった。きっと塚本も自分と同じように直接の会話を望んでいるに違いない——そう考えた長沼は、塚本の携帯電話宛てにメールを送った。

塚本君。前にも言ったが、この企画全体のことでぜひ君と直接会って話をしたい。エアタンクを届けるから、至急こちらへもどって来てほしい。長沼

塚本からの返事のメールは、その日の午後七時すぎに届いた。自分も調べたいことがあるし、支局長にも会って話がしたいと書いてあった。しかし、今は畑を広げているところなので、七月になるまで待ってほしいというのである。長沼は早速、知り合いのダイバーと連絡をつけ、塚本が希望する日の午前中に、水中トンネルの向こう側にエアタンクを届ける手配をした。

5

「何かが近くにいる」

――塚本敬三は、目の粗い敷物の上に横たえた体を動かしながら、朦朧《もうろう》とした意識の中でその気配を感じていた。「自分はいま寝ている」という意識が闇の中からぼんやりと生まれ、「額に何かが触れている」という感覚へとつながっていく。その「何か」が動いたので、塚本は驚いて両手でそれを払い落とし、体を起こした。

周囲は、漆黒の闇だった。

彼の頭は混乱していた。いつか夜勤で支局に泊まった時、そのビルの二階にある宿泊用の小部屋で、これと同じような経験をしたことがある。ナイトキャップのウイスキーを一口飲み、ガーガーと雑音の鳴る警察無線の受信機を切り、それから目覚まし時計をセットして、彼は薄汚れた煎餅《せんべい》布団の中にもぐりこんだのだった。アルコールと疲れのおかげで、彼はまもなく正体を失った。と、しばらくして、前額部の髪の毛の生えぎわに強い不快感を覚えて、彼はそこへ急いで手を伸ばしたのだった。指に触れたのは、薄い油紙のようなものと、その下で肌をひっかく、硬くて細い虫の脚だった。半分眠りながら、塚本はそれをゴキブリだと結論した。

が、いま自分の前にある闇は、新聞社の泊まり部屋などではない。

自分の額に触れたものは、ゴキブリよりも大きく、重たく、暖かくて柔らかいものだった。

「おめさんやー……」と、闇が女性の声で言った。

塚本はいきなり我に帰った。そうだ、サヨが自分の隣で寝ているのだ。ここは街の新聞社ではなく山奥の部落の硬い床の上だった。自分は今、彼女の手を払いのけたのだ。

「ああ、わりごど（悪いこと）してしまったの。変だ夢　見だもんださげ（見たもんだから）……」と塚本は、あわてて弁解した。

「ちょっとばし　たまげだ……」とサヨが言った。

彼女の声は十五、六歳にしては低く、少しかすれた感じがする。昼間、普通に会話しているときは、塚本はこの声の特徴にあまり気がつかなかったが、こうして闇の中で声だけ聞いていると、まるで大人の女性のような気がしてドキッとした。そうだ、昨夜は仕事に疲れた自分の方が先に眠ってしまったのだ。サヨはそのあと、自分の横へ来て寝たのだろう、と塚本は思った。

「なして　こんだそばさ来たなや?」と彼は訊いた。普段のサヨは、自分から少し離れたところで寝ていたからだった。

「夜《ばんげ》なっど怖《お》っかねさげ……」と彼女はまた低い声で言った。

「んだが……」と塚本は考えながら再び体を横たえると「まだ暗《く》れさげ寝ぶれ」と言った。

「鳥　鳴いでっせ」とサヨが言った。

確かにそうだった。耳をすますと、屋根の方向から鳥の囀《さえず》る声がわずかに聞こえていた。そういえば、漆黒の暗闇だと感じていた周囲も、目が慣れてきて、屋根付近の太い梁《はり》や柱の影が見えていた。

朝が、すぐそこまで来ていた。

サヨが起き上がって戸口の方へ歩いていく音が聞こえた。そして、ゴトゴトと戸が開き、青白い光が土間に差し込むのが見えた。外には朝霧がたちこめているようだった。

夜、十五、六歳の少女が「こわい」と言って自分の近くに寝に来たならば、三十四歳の自分はどうすべきなのか。寝ぼけていたとはいえ、塚本は自分がサヨにとった態度が正しかったかどうかを考えていた。彼女が家の外へすぐ出ていったのは、自分の態度にショックを受けたからではないか。両親を失い、文明とも隔絶した天涯孤独のこの少女と、どうやってつき合っていくべきか自分はまだ分からない。大人の自分は、はたして責任をもって彼女を社会に復帰させることができるだろうか……?

「社会復帰」という言葉は、しかし塚本には何か場違いのような気がした。確かにサヨは社会というものをまだ知らない。が、彼女には本当に今の社会が必要なのか。これまで社会など知らなくても健康に生きてきたものが、今後は本当に必要になるのだろうか。人間は社会的動物だから、そうなるのか。彼女の幸せは社会の中でのみ実現するというのか。では「復帰」とは何か。初めから社会を知らない少女には、社会復帰はない。あるのは「社会参加」だけだ。それをさせるのが自分の役目ならば、自分は彼女を「取材対象」として扱ってはいけないはずだ。

塚本のジレンマが実はここにあった。サヨとの生活を文章に書くたびに、「記者」としての自分と、彼女の「庇護者」としての自分が、ペンの先で戦っていた。両者が平和共存している時も、もちろんある。しかし、それはあくまでも短期的な共存であり、長期的に考えれば、記者として彼女のプライバシーを新聞紙上に書きたてることと、庇護者としてそれを世間の好奇の目から隠すことの間には、根本的な矛盾があった。前者の立場からここへ飛び込んだ自分が、今は後者の立場に引き寄せられている。そのことに気がついてから、塚本は原稿を書く手が進まなくなっていた。

彼は、サヨに文字を教えていた。また、絵を描いて〝外の世界〟に何があるかも教え始めていた。彼女に教育をほどこし、社会人としてひとり立ちさせることを自分の使命だと感じるようになっただけでなく、新しいことを知った彼女の目の輝きと笑顔が、塚本にとってたまらなく嬉しかった。現代生活から一時離れて生きる彼自身、大きな自然の力に振り回されて困難な生活を送っていた。が、それは充実した生だった。その中で、この不思議な少女との心の交流が進むにつれて、彼の態度は、ジャーナリストから教育者へと変わりつつあるのかもしれなかった。

塚本と会った当初、サヨは怯《おび》えてなかなか心を開かなかった。自分の家に彼が入ることを激しく拒否した。だから、塚本は最初、隣接した別の家で寝起きし、日中のサヨに距離をおいて語りかけ、彼女の行動を観察した。やがて自然な会話が可能になると、大人である塚本の方がサヨの助けを求めるようになった。文明から離れた生活などしたことがない塚本には、この地では分からないことが多すぎたからだ。

飲料水のありか、火のおこし方、魚の捕り方、食べられる草や木の実の判別法……そういう自然の中で生きるための基礎知識を教えてくれと頼む塚本の言葉を、サヨは当初「信じられない」という顔をして聞いていた。大の男が、子供の自分が知っていることを知らないという事実が、彼女には理解できなかったのだ。が、困っている人間の手助けをすることに、サヨは躊躇《ちゅうちょ》しなかった。そして、塚本が自分よりものを知らないという事実が、彼女からしだいに警戒心を取り除いていった。

また、塚本が「山の向こう」のことを語り始め、そこでの人々の生活がサヨの生活とどれほど違うかを説明するにつれて、彼女は塚本の話に強い興味を示すようになっていた。

中でも、サヨが驚異の目を向けたのが、塚本がときどき使う携帯電話だった。小さな金属の塊から、人間の声が聞こえることを、彼女は最初「金属がしゃべる」と理解した。だからそれを「霊が宿る神聖な金属」と考え、それをポケットに無造作に入れる塚本に抗議した。が、やがて塚本が稲妻を示してそれが「電気」というエネルギーであり、それと同じエネルギーが人間の声を遠方まで運ぶ「電話」という機械を可能にしたと説明すると、サヨは彼女なりに理解して納得したようだった。そういう不思議な金属塊を、「山の向こう」ではすべての人が持っているという説明をした塚本に、サヨは目を輝かせて質問した。

「そしたば、かあちゃんもそいを持ってんなだが?」

塚本は最初、彼女が何を言っているのか分からなかった。「かあちゃん」とは誰のことか分からなかったからだ。が、彼女が死んだ母親のことを訊いているのだと分かると、返答に窮した。サヨは自分の母が、肉体を失った後も、世界のどこかで生きていると確信しているのだった。

「それだば……」と言ってから塚本は言葉を濁し、「年とった衆《しょ》だ（人たち）の中さだば、使わんね人もいんなださげ（いるから）……」と答えた。

案の定、サヨはしばらく腑に落ちない顔をしていたが、やがて思い直したように、「おいも使わいるようになっが？」と訊いた。

「それだばなれっぜ」（そりゃなれるさ）と塚本は言ってから、「んだでも、まず字を覚えねば使えね」と付け加えた。

サヨが文字の学習にがぜん力を入れだしたのは、それからだった。塚本は、長沼支局長宛てに送るフィルム・ケースの中に、小学校と中学校の国語の教科書を求める手紙をねじ込んだ。

彼の携帯電話が鳴ってメールの到着を知らせたのは、そんな時だった。長沼からのメッセージだった。

塚本君。前にも言ったが、この企画全体のことでぜひ君と直接会って話をしたい。エアタンクを届けるから、至急こちらへもどって来てほしい。長沼

塚本が水中トンネルを最初にくぐってから、一ヵ月がたとうとしていた。ウェットスー

ツと潜水用具以外は最小限のものしか持って来なかった彼は、中途で一回、衣類の支給を長沼に頼まなければならなかった。が、それで衣服が足りているわけではない。また、こちらの食事は、確かに完璧な自然食ではあったが、塩や砂糖などの調味料がないから、味もそっけもない。味噌や醤油の味も恋しいし、白い飯も腹いっぱい食べてみたい。さらに、これまで出た三回分の長沼の記事についても、彼にはいろいろ言いたいことがあった。何よりも自分の記事が出ないことが不満だった。そんなこんなで話がいろいろあるし、最近の世間の動きも知りたかった。だからこの支局長の言葉は、まさに「渡りに船」のはずだった。しかしその時、塚本はサヨに教えられながら、畑の拡張作業に精を出している最中だった。自分の旺盛な食欲が、サヨの食いぶちを減らすことだけは避けたかった。

二、三回のメールのやりとりの後、七月三日にダイバーが来た時に、塚本は一緒に「向こう側」へもどることになった。そういう段取りをつけ、最後にサヨにその話をした時、彼は自分の誤算に初めて気がついた。彼女の顔はたちまち不安に包まれ、両眼に涙が溢れたからだ。

「おめさん、神さまさなったらだめだ！」とサヨは目を見開いて言った。

塚本は一瞬、彼女の言う意味がわからず戸惑った。が、サヨは「姿を消す」ことを「神になる」と言っているらしかった。

「んでね、すぐもどてくっさげ心配《すんぺ》すんな」と彼は言った。

「したども、あっちの世界だば、面白《おもし》ぇものも一杯《えっぺ》あっし、おめさんの家もあっし、友だちもいっだし……」と彼女は目を赤くして言った。

サヨが自分を好いているらしいことは彼も薄々感じていたが、そんな感情は、孤独な少女が抱きがちな「人恋しさ」を本質的に出るものではあるまいと思っていた。が、いま彼女は、自分の姿が見えなくなることを泣いて悲しんでいる。すぐにもどるという自分の言葉にも納得していない。サヨの心の中で、自分がそれほど重要な位置にあることを初めて知り、塚本は驚いていた。

そういえば、サヨと親しくなってまもなく、彼女は家の中で作っていた土瓶敷きのようなものを自分に示して、それを作る方法や編み方の工夫、染料の作り方などを熱心に話した。その時の彼女の様子は、学校の出来事を親に話す子供のようではなかったか、と塚本は思った。自分は彼女の親代わりになっているのだ。

「サヨ。こいは（これは）そんだごどでねぇ」と、塚本は彼女の両肩に手を置きながら言った。「仕事で人と打ち合わせをしに行くだけだ。用事すませだらすぐ帰《け》ってくっさげ。長ぐでも一晩いねだけだ。うそまげね」

サヨは塚本を見上げていた目を伏せ、彼の胸に顔をうずめて言った。

「おいも連れでいてくれ」

それは塚本にとって予想外の言葉だった。

サヨを現代社会へ連れていくためには、相当な準備が必要だと彼は思っていた。その時には、心理学者やソーシャルワーカーの助けを借りねばならないかもしれない、と彼も思い、長沼もその準備をしていた。が、そのサヨが、自分から「現代へ行きたい」と言っているのである。塚本は、自分が現代社会のことを面白そうに説明しすぎたのだ、と反省した。人の不幸を金に変えるようなマスコミの存在など、この無垢の少女にはまだ説明していなかった。

彼は、サヨの肩をゆっくりと自分から離すと、彼女の目を覗き込んで諭すような口調で言った。

「サヨ。あっちの世界だば悪りい人もいっぺいっし（沢山いるし）、恐《こ》えごどだてえっぺあっぞ（沢山あるぞ）。まだ仕度《したく》がでぎでね」

「恐《こ》えぐでも、おめさんがいれば何でもねぇ」とサヨは哀願する目で言った。

塚本の中には迷いが生まれていた。自分はサヨを取材対象として無理に突き放して扱ってきたが、それは新聞記者としての職業意識のなせる業だ。が、彼女の将来を本当に考えるならば、今の時期に彼女を置いて帰るべきではないのかもしれない。

塚本敬三は結局、サヨを説得して独りで水中トンネルをくぐった。

それは直接的には上司の長沼の命令であったが、塚本自身、自分の現在の心境を「普通でない」と判断した結果でもあった。自分も普通でないばかりでなく、サヨの精神状態にも大きな変化が起こりつつあることは確かだった。親以外の人間を知らない少女が、初めて一人の男と接し、その男とひと月以上を共に過ごした結果、その男を兄か父のように慕っている。サヨにとって、自分は未知の世界への案内人であり、庇護者なのだろう。しかし、今の自分は、彼女の望みを一〇〇パーセントかなえる立場にないし、かなえる力もないだろう——塚本はそう感じ、記者としての選択を優先させたのだった。

◇

「まるでロビンソン・クルーソーだなぁ！」

久しぶりに会った長沼は、塚本を見るなりこう言って白い歯を見せた。

その間、鏡など見なかった塚本は、長沼の車のバックミラーに自分の顔を映して納得した。彼は決してヒゲが濃い方ではなかったが、髪も伸び、口と顎の周辺が薄黒くなった自分の顔は、日焼けも手伝って以前よりずっとたくましく見えた。

「朱に交われば赤くなるってやつですね」塚本は長沼の方を振り返り、「自然児と一緒だと、こっちもワイルドになりますよ」と言った。

長沼の運転で鶴岡市までもどる道中、塚本は助手席でしゃべり続けた。サヨとの会話では、テレビとかパソコンとかコンビニなどの文明用語を説明抜きで使うわけにいかなかった。が、トンネルをくぐって「こちら側」へ帰り、解説抜きで現代語が自由に話せる環境にもどったことで、塚本は外国帰りの旅行者のように饒舌になった。サヨの生活の大部分については、すでに何本もの記事原稿として長沼に伝えてあったが、そういう一種の〝原始生活〟を文明人の自分がどうやって送ったかという点は、記事にはならない部分だったし、自分だけの体験として上司に自慢したかった。

「サバイバル・ゲームなんかよりずっと大変ですよ。何しろ食料は自分の手で得る以外にないでしょ。電燈もマッチも缶詰も寝袋もないわけですから……」

長沼はしばらくの間、興奮した部下の独演会を聞いていたが、やがて塚本がひと息入れたところを見はからって、こう言った。

「ところで塚本君、そういう話も含めて、今度は君の側から見た森の生活を書いてみないかね？　もちろん君の署名記事だ」

少しの間、沈黙が流れた。そして、

「……ってことは、事実を公表するってことですね？　自分の立場や相手との関係とか……」と塚本が答えた。

「ある程度は、やむをえんだろ」と長沼は言った。そして、「場所や人の名前を仮名にしておけば本人の特定は難しいから、彼女のプライバシーは守れると思うが、どうかな?」

と塚本の同意を求めた。

「支局長」と塚本は言った。「他社は必ず捜し出します。だいたい朝日村署の佐竹次長がもう誰かに話しているかもしれません」

「それじゃいっそのこと、彼女を社で確保するか?」

長沼の言葉は、塚本が最も恐れていたものだった。

6

毎日曜日に山形合同新聞で連載中の企画記事は、三回の後に一週休載し、四回目から「長沼章二」に代わって「塚本敬三」という署名が入った。記事の内容もより具体的になり、会話も入るようになったが、週一回という間延びした掲載間隔のおかげで、読者にとってやはり「分かりにくい」という印象は免れなかった。

この印象は、しかし長沼や塚本の意図通りだった。連載を間延びさせることで情報の密度を薄め、読者に事態の重大さを気づかせにくくする。そして、連載期間中に自然児のようなこの少女を〝森の奥〟から連れてきて、現代文明にできるだけ早く慣れさせようというのである。そうすれば、事態が明るみに出た際の少女のショックを和らげられると考えていた。

森の奥から　④カッパ

少女の名は、Sといった。

何年もの間、独りで生きる寂しさに耐えながらも、独りの生活に慣れ親しんできた少女にとって、目の前に突然他人が現れることは恐ろしくもあった。しかもその初めての「他人」は、水でピカピカ光る滑らかな表皮に全身を包み、水鳥のような足ヒレをバタつかせながら池の中から現れた。Sは昔、母親から聞いた、川や池に棲む「カッパ」という二本足で緑色の生きもののことを思い出した。そのカッパがついに現れたと思い、彼女は後ずさりしながら斜面を上り始めた。いつでも逃げ出せるように体を緊張させて……。

母の話では、カッパは人を恐れるはずだったが、その生きものは、しかしSの方に手を振って大声で何か叫んだ。「友だちだ」と言ったように聞こえた。そして自分の方に近づいて来ようとした。Sには親がいただけで、友だちはいなかった。が、その言葉の意味は分かった。「仲間」というほどの意味だと理解した。しかし、その相手は「仲間」と呼ぶにはあまりにも見慣れない風体をしていたから、彼女は警戒をゆるめなかった。と、その生きものは四角い透明の箱を顔の前に持ち上げて構えた。

次の瞬間、目を射るような閃光が走ったので、Sは後ろを向いて一目散に逃げ出した。

現代文明とは無縁の少女が、初めて潜水服に身を包んだダイバーを目撃し、相手に写真を撮られることは、やはり恐怖の体験に違いなかった。彼女は自分の家に逃げ込み、扉を閉めて閂《かんぬき》をかけ、雨戸の隙間からその突然の来訪者の様子をうかがった。

Sは、この奇妙な来訪者を恐れてはいたが、その一方で、これは自分にとって重大な事態だという予感がしていた。というのは、Sの心の中には「どこからか自分を迎えに人が来る」という観念が、いつのまにか棲みついていたからだった。母が昔、そういう話を物語の中でしてくれたことがある。が当時は、そんな観念は茫漠とした霧のように形のないものだった。それが、母の死後、半年ぐらいたってから、Sの心に次第に確信となって固まってきたのである。

生命の営みに満ち溢れたこの世界では、どんな生物も「独り」で生きつづけることはなかった。だから、人間の自分だけがずっと独りであり続けるということは、Sにとって考えられないことだった。葉の裏で独り寂しく蛹をつくった芋虫も、アゲハチョウとなって空へ飛び立った後には、仲間を連れてSの前に姿を現わした。花に飛んで来るミツバチの後を追えば、必ず仲間の姿を見つけることができた。いつも単独行動をするガも、いつの間にかやってきたもう一匹と、梅雨の軒下で尻をつなぎ合わせてじっとしていた。独り者のように見えるクモも、知らぬまにおびただしい数の子グモを産み出していたし、動けない植物でさえ、虫の助けを借りて次世代の種を無数に周囲にばら撒いている。これが自然の姿であり、神の営みの重要な部分だった。
だから、親世代が消えても、子世代は殖える。その神の営みを実現するための〝使者〟が、自分の前にいつか必ず現れる——そういう確信を心中で暖めてきた彼女だったが、カッパのようなこの珍妙な訪問者が、はたして神からの使者であるかどうかは疑わしかった。

（塚本敬三）

森の奥から　⑤訪問者

Sの前に再び姿を現わした〝カッパ〟は、もうカッパの格好をしていなかった。彼はウェットスーツと足ヒレを脱ぎ、潜水用マスクも外していたから、Sにとって見慣れない服装をしていたけれども、普通の人間であることはすぐ了解できた。
その人間は男で、どうも自分を捜している様子だった。Sはその理由を考えた。自分がこの部落にいることを知って、どこか遠くからやってきたのだろうか？　自分のことを、どうやって知ったのだろう。もし知らずに偶然ここへ来たならば、なぜ自分を捜すのだろう。何かに困っているのだろうか。それとも、別の目的があるのか？　それは何だろう。外へ出て行って、男と話すべきなのか？　いやもう少し待ち、相手の真意を慎重にさぐるべきか？

男はSの家の周りをうろつきながら、胸から下げた黒っぽい四角い機械を時々覗いて閃光を発したり、白い紙片に何かを書きつけていた。そのことの意味をSは考えた。彼は、自分だけでなく、自分の周りの色々なことに興味があるようだ。いったいそれはなぜか？　服装も変わっているが、自分の知らない様々な道具をもっている。それを使って一体何をしようとしているのか？　自分に害を及ぼすことはないのか。

Sはまだ幼い頃、父が話してくれた「山の向こうの人」のことを思い出していた。父は、山の向こうの人たちは、この静かな池と土地を自分たちから取り上げようとしたと言った。先祖の代から棲んでいたこの地から出ていって、広い畑が続く別の土地や、動物を囲って住む土地や、もっと人が多く住む土地へ行けと言われたが、父も母も、緑の森に囲まれた深い池のあるこの土地と、ここの神々との生活が好きで、別の地へ行く理由は何もなかった。それに、「こんな土地に長くいても時代に取り残されるだけだ」という山の向こうの人たちの言い草が気に入らなかったという。

Sには「時代」という言葉の意味がよく分からなかったが、それは何か暴力的な力で人間を押し流す、赤い目をした神のようなものだと感じた。多くの人たちが、この「時代」の神の腕の中にすくい取られ、自分の土地から引き剝がされてどこかへ消えていく。それは「死」によって人が姿を消すことよりも、何か不吉で、よくない結果をもたらすと感じた。「自然」が与えてくれる死は、次なる生を必ず用意しているが、「時代」は何もかも根こそぎに持ち去ってしまう。

だから、時代に取り残されるのは喜ぶべきことだ、と父は教えた。その恐ろしい「時代」の神からの使者が、この男なのだろうか?

家の周りを歩き回っていた男は、Sが戸の隙間から見張っているのも知らずに、やがて家の正面の戸へ向かって真っ直ぐに歩いてきた。

「ごめんください」

こもったような男の低い声とともに、玄関の戸がドンドンと音をたてた。

Sは、反射的に戸から二メートルほど跳びのき、胸の前で腕を交差させて身構えた。

（塚本敬三）

森の奥から ⑥会　話

「いっだがー」（こんにちは）

と、今度はSにも親しみがもてる言葉が聞こえた。

「おれは新聞社のもんだんでも、おめさんの話聞ぎだぐで来たなだ。もっけだんでも（すまないけど）、ここ開《あ》げでくんねがー？」と、男はさらに続けた。

Sには「シンブンシャ」の意味が分からなかったし、話を聞くことだけが男の訪問の目的だというのも信じられなかった。

「なして、おれの話聞ぎでなや？」とSは答えた。

「そいだば……」と言って、男は口ごもった。そして「おめさんだば、珍しぃ生ぎがだしてっさげ」と続けた。

　Sは、この男は変なことを言うと思った。自分は父と母の教えを守ってずっと当たり前に生きているのに、それを珍しいと言っている。

「おれの何が珍しなや?」と彼女は聞いた。

「そいは……」と男はまた言いよどみ、続いて「人ど離れで生ぎでっごど。買い物だどが学校さも行がねで、父ちゃん、母ちゃんもいねんでも、わぁ（お前は）一人で何でもでぎっし……」と言った。

　Sには、やはりこの男の言っていることが分からなかった。自分は人と離れていたいわけではなかった。また、何でもできるわけではなく、親から教わったことしかできなかった。それに「カイモノ」とか「ガッコウ」とは何のことか分からなかった。だから、男の言っていることがSにはほとんど理解できなかった。

「おめさんの言ってっごどだばわがらねぇ」と彼女は言った。

「んだが……」と男は言うと、しばらく間をおいてから「まだ来っさげ」とポツリと言った。

Sは、遠ざかっていく男の姿を戸の隙間から認めると、体中から力が抜けていくのが分かった。

その晩、Sはなかなか寝つかれずに悶々として一夜を過ごした。

正体不明の男が自分の家近くにいるのだと思うと、不安と期待の交じり合った緊張感で息苦しいほどだった。その男は、恐らく隣の家にいるのだろう。いや、もしかしたら、寝ている自分の家の周りをまた歩いているかもしれない。忍び込むつもりだろうか？　それとも、何か別の恐ろしい目的が？　いや、そんなはずはない。昼間おとなしく引き下がったのは、悪い意図をもっていないからだ。では何が目的か？「話を聞く」と言ったが、本当は「話がしたい」だけかもしれない。話がしたいのは、自分も同じだ。もう何年も人と話をしていない。ならば、翌日は男と話をしてみるのもいいかもしれない。もちろん用心して、あまり近寄らずに、相手の来訪の目的をはっきりさせてから……。

Sは、母が今生きていたら、こんな状況でどんな行動に出るだろうかと考えた。父は「山の向こうの人」の悪口を言ったが、母はあまり悪いことを言わなかった。それよりも、「よい人を見つけろ」と時々言った。それは、「山の向こうへ行け」という意味ではなく、もし人が来るようなことがあったら、その人をよく見て自分の将来を考えろ、という意味だとSは理解した。「よく見る」ためには、話をしなければならない。だから、明日はあの男ときちんと話をすべきなのだ……。

（塚本敬三）

塚本は、自分の署名入りの原稿を三本書いてから、その後の記事の展開の仕方について悩んでいた。記事中の「あの男」が新聞記者であり、それが何の目的で主人公から「話を聞く」のかをハッキリ書いてしまえば、この記事の内容が事実の報道であることを天下に告知することになる。そうすれば、「S」が実在すると判断した他社の記者たちが、競って自分の周辺を嗅ぎまわることになるだろう。その中には、サヨを見つけ出して取材を試みる者が必ずいるだろう。だから支局長の長沼は、その前に彼女の身柄を社で「確保すべし」と考えたのだ。つまり、一種の軟禁状態に置いて、他社の取材攻勢から無辜《むこ》の彼女を護ることが、責任ある大人の義務であり、また同時に「取材源秘匿」というジャーナリズムの鉄則を守ることにもなるというのだ。

「確保する」とは、サヨを文明社会にできるだけ触れさせないことを意味する。彼女を連れて戸外を歩けば、他社や週刊誌の恰好の餌食になるからだ。しかし、彼女を連れ出さないでいて、新聞社として彼女にしてやれることはあまりない。独占記事を書くとしても、その内容の大半はすでに「森の奥から」に書いてしまったし、もっと突っ込んだものを望んでも、現代語もよくわからない少女に文明論を語らせるわけにもいくまい。第一、そんなふうにして彼女を〝缶詰め〟にしておくことは、自然児の彼女にとって拷問以外の何ものでもないだろう。

それに、塚本にはもう一つ別の心配があった。

それは、サヨが現代文明に適応すればするほど、サヨがサヨでなくなっていくという危惧だった。彼女がもつ自然との深い一体感や、「信仰」とも言うべき自然への畏れや倫理感が、自然を道具として利用し破壊する現代人の生き方を学ぶことによって崩壊していく――そのことは塚本にとって、八久和ダムの水の冷たさのように、何にもまして身にしみて予感されるのだった。その場合、サヨは、重要な幼年期の体験を否定して生きることになる。そんなことが可能なのか、と塚本は思う。残虐な猟奇的事件を起こす人間の多くが、幼少時に親から虐待を受けた経験をもつことはよく知られているが、そういう犯罪は、幼年期の自分の体験を否定する衝動から起こるのではないか。だからサヨも、それで幸福になるはずがない。

――こんなふうに考えていくと、塚本は、自分が「書く」ことしかできない新聞記者であることを、呪わしくさえ思うのだった。

7

産日新聞山形支局鶴岡通信部は、山形県鶴岡市の中心、鶴岡公園から南へ五百メートルほど離れた狭い路地に面している。周囲には、木造モルタルの二階建てか平屋の何の変哲もない住宅が軒を連ねていて、所々に一階が菓子屋や美容院などの商店を兼ねているものもある。その中で、鉄筋コンクリート三階建てであるということだけが、この建物と他の家並みを外見上区別していた。このビルの一階は駐車場兼倉庫、二階が編集部、三階は資料室として使われていた。

産日新聞は、全国紙六紙の中ではここ数年、経営がかなり厳しかった。だから人件費節約は社命だったし、一部の支局は独立採算制を敷くために強引に別会社化されていた。採算がとれなくなった場合は、いつでも本社から子会社を切り離せるように、である。幸い山形支局は子会社化されていなかったが、まもなくそうされるとの噂が流れていた。だから支局長は、取材費などでコストのかかる編集部員は最小限の数に抑えることと、費用のかからない取材を求められていた。手短に言えば、県庁所在地から遠く離れた鶴岡市で働く記者は、金森達二ただ一人だった。

他の全国紙各社も、ほとんどが通信部を鶴岡市に置いていたが、近隣の酒田市などと兼ねて、パートタイマーの記者を別に使っている所もあった。通信部の場合は広告や企画や販売の仕事はなく、記者だけが記事を出稿する。この方が、スポンサーに気兼ねせずに自由な立場からものを書けるから、本来の記者活動が伸び伸びとできる——金森の同僚の中には、こう言って得意がる者もいた。が、本当のところは、この歴史ある城下町には、新聞記事になるようなニュースがあまりないのだった。特に全国の読者の関心を引きそうなニュースは、そうざらにない。もちろん、細かい地元密着型のニュースはいくらでもあるが、そういう記事は、山形合同新聞などの地元メディアが何人もの記者を使ってどんどん流していたし、メディアが流さなくても、近年は市の観光物産課や観光協会などが設けているインターネットのホームページで、誰でも入手可能だった。

そんなわけで、記者一人だけの産日新聞が、この地で他と張り合ってできることはそう多くなかった。にもかかわらず、金森は、自分の存在を印象づけるような記事をコンスタントに書かなければならない、と焦っていた。そうしなければ、自分は早晩、支局とともに本社から切り離されてしまう——そんな不安を感じていたのだ。もちろん、同僚の記者の中には、自分の立場をフルに利用し、取材対象に有利な記事を書く代わりに、その見返りとして有形無形の代償を得ることに喜びを見出している者もいた。彼がそういう同僚につき合って取材することがなかったわけではない。ただ彼は上昇志向が強かったから、それには満足せず「もっと上」を目指していたのである。

その金森は最近、地元紙の山形合同新聞が毎日曜日に連載を始めた「森の奥から」という企画記事に胡散臭《うさん》さを感じていた。それは、4W+1H（who, what, when, where, how）を明記するという新聞記事の基本を守らないばかりでなく、「支局長」という立場にあり、記事を書かなくなった管理職の署名入りで掲載されていたからだ。ということは、これは「支局長の責任で出されたルール違反の記事」である。そう考えると、金森の心からは、なぜそこまでして記事の掲載を強行するのかという疑問が消えないのだった。

内容を読むと、毒にも薬にもなりそうもない自然保護派の小説のようである。新聞社の支局長が自分の名前で小説を書くなどということは、その人が文学者として一般に知られていない場合は、新聞という公器を自分の趣味に利用していることになるから、一種の公私混同である。そういう社会的非難を甘受する覚悟でなお書くに値する内容であるとは、到底思えないのだった。

――ただし、これが創作でなく事実の報道ならば、話は別だ。

と金森は思った。

「現代文明から隔絶された森の奥に少女が一人で棲んでいた」という記事の設定は、それが事実であれば全国ニュースになる性質のものだと金森は思った。それならなぜ、もっとまっとうにいつ、どこで、誰が、何を、どうしたかを書いて、写真付きで大々的に報道しないのか？　今どき文明から隔絶された集落が日本国内にあるということだけでもニュースなのに、そこに少女が独りで生きているという状況は、人間的興味をそそる。そればかりでなく、本当にそんな場所で人間が生きてきたならば、その生活ぶりは、人と自然の関係を基本的なレベルで浮き彫りにさせるから、きっと面白い記事になる。

そう考える一方で、金森は中学生の年齢の少女が、山の中で独りだけで本当に生きていけるのかどうか疑っていた。もちろん、過去にこれと似たような話が全くないわけではない。それは、十代の男の子が四十三年間山の中で独りで生きたすえ、二〇〇三年に五十七歳で茨城県の人里へ下りてきたという例である。この男の場合、腹が減っていて自動販売機をこじ開けたことから逮捕され、懲役一年、執行猶予三年の判決を受けた。彼は、山でヘビやネズミを食べていたというが、そういう生活を始めたのは十四歳ごろだ。それに比べて例の記事の中の少女は、七歳で父を失い、十歳では母も亡くしているのだ。男だったらヘビやネズミも食べるだろうが、十歳や十一歳の女の子にそれができるとは思えなかった。山形合同新聞の記事には、古い家と、父の遺した道具と、母から受け継いだ技術のおかげで少女は生き延びたように書いてあるが、話ができすぎていてどうもウソっぽい、と金森は思った。

——問題は、そんな〝現代の秘境〟みたいな場所が県内に本当にあるかどうかだ。

金森は、小手調べにそれを当たってみようと思っていた。どうせ自分の仕事は、半分自由業みたいなものである。記事を書いて山形支局へ送れば一週間以内に半分以上掲載してもらえるが、全国紙のローカル面は二ページに限定されているから、百行書いても五十行に削られることもある。そういう〝本業〟のロスをできるだけ減らして、空いた時間とエネルギーを別のことに使おうと思えば、できないこともない。それに、直接記事につながらなくても、県内の出来事の調査は自分の〝本業〟と言えば言えるものだった。

山形合同新聞の「森の奥から」の記事では、問題の集落の場所を特定できそうな表現を見つけるのは難しかった。それでも、第一回目には「紺碧の水を湛えた一千坪ほどの池」という表現があり、さらに「その集落と池を取り囲むようにして、切立った崖が迫り、さらに鬱蒼《うっそう》とした森が、その上に覆い被さるように山の上まで続いていた」と書いてあった。こんな描写に該当する場所は、県内にそれこそ無数にある。しかし、これに「人里離れた」という条件を加えると、場所は結構限定される、と金森は思った。それに、この記事を書いたのは鶴岡支局長なのだから、その場所は鶴岡市近辺にあると考えるのが最も自然だった。

鶴岡市は庄内平野の南に位置し、日本で百番目に市制《し》が布かれた。

衛星写真などで山形県の形を上空から見ると、左向きになって口を開けた「人の顔」の形をしている。その頭（北）の上が秋田県、後頭部は宮城県、そして鼻から口、顎にかけて新潟県に接している。この「人の顔」は、まるで新潟県の北の先端に噛みついているようだ。そして鶴岡市は、この横顔のちょうど〝左目の内側〟あたりに位置している。顔の〝鼻の付根〟から〝目の下〟にかけて、鶴岡市を取り囲むようにして広がっているのが庄内平野だ。山形県最大の川、最上川は、この〝顔〟の耳から眉の位置を下り、眉間の中央部分から日本海へ注いでいる。

「庄内」と呼ばれる地域は、その北側を最上川が東西に流れているだけでなく、やや南方に南北方向に走る赤川からも豊かな水の供給を受けてきたため、早くから荘園が作られるなど、東北の穀倉地帯として米作を中心に農業が発達した。その中心都市・鶴岡は、鎌倉時代には「大宝寺」と呼ばれた。それが慶長年間に「鶴ヶ岡」に改称されたのにともない、大宝寺城は鶴ヶ岡城となった。江戸初期には、徳川譜代の酒井家が十四万石の庄内藩の領主として鶴ヶ岡城に移り、以来幕末までの二百五十年間、酒井家が庄内藩の中心都市としてこの町を治め、発展させた。

かつての鶴ヶ岡城跡が鶴岡公園である。そして、鶴ヶ岡城本丸のあったところに、今は大宝館がある。ここは、オランダ・バロック風の窓とルネッサンス風のドームをもつ白い板壁の木造二階建ての洋風建築で、永い間、鶴岡市立図書館として利用されていた。現在は鶴岡が生んだ歴史的人物の資料を展示する市郷土資料館となっている。この公園周辺に鶴岡市役所、地方裁判所、市体育館、文化会館などがある。

山形合同新聞鶴岡支局の社屋は、鶴岡公園の南側に最近建った広大な総合教育施設の真向かいに、片道一車線の道路を挟んで建っている。一方、産日新聞鶴岡通信部の建物は、その通りから路地を入って一ブロックほど歩いたところにある。歩いて五分もかからない位置に新聞社が二社あり、前者は後者より大きかったから、道行く人々の中には、前者が全国紙の支局であり、後者が地方紙の支局だと誤解しているものも少なくなかった。そのことが、金森は気に入らなかった。だから、市役所や公園に行く時には、彼はできるだけ山形合同新聞の支局の前を通らないようにしていた。

が、その日の夕方、市役所から社へ引きあげる途中で、旧庄内藩校の致道館裏手の通りを歩いていた彼は、白い乗用車から降りる男の姿に目を留めた。合同新聞支局の真ん前である。その男は、ここ一ヵ月ほど姿を見ていない同紙記者の塚本のようだった。肩から小型の鞄を下げ、今どき使う人の少なくなった、やや大型のフィルム式のカメラを揺らしているから、塚本であることにほぼ間違いない。

金森達二は、ライバル社の記者として塚本敬三に一目置いていた。新聞記者にありがちな横柄なところがなく、小さな町ネタも細かく拾い、結構面白い記事に仕上げている。それだけでなく、時々びっくりするような〝抜け駆け〟もやった。つまり、他社に気づかれずに特ダネを書くのだ。鶴岡市のような平穏な町には大きな事件はきわめて少なく、したがって大事件をいち早く報道する〝特ダネ記者〟は不要と言えば不要だった。が塚本は、いわゆる〝大事件〟ではない情報の中にも新しい動きを察知して、いち早くそれを記事にすることが上手だった。まだ三十代前半の若さで、身軽な独身である。「姿を見なかった」ことには十分理由があるはずだった。

「おーい、塚本さん！」

と、金森は大声を出して手を振った。

塚本は彼の方をチラリと見たが、支局へ歩く速度は落とさず、片手を上げて金森に応えただけで建物の中へ滑り込んでいった。

——何か妙だな……。

と金森は感じた。

彼は、塚本とは鶴岡市役所の記者クラブでたまに顔を合わせる。塚本は今、市役所担当の記者ではないが、昔は市政記者クラブに所属していて一緒に取材したり、酒を飲んだこともある。塚本がいま市役所に顔を出すのは行政側の情報を取材するためで、それを自社の市役所担当記者にやらせずに、自分でやる。フットワークがいいのである。その時には大抵、行政とは反対側の取材をすでに終えていて問題点を押さえているから、質問が核心に触れることが多い。市にとっては扱いにくい記者だが、書く記事には内容があった。

そんな塚本が、ここひと月ほど市役所に顔を出さないだけでなく、警察署からも見えなくなったし、商工会議所での会見にも姿を見せなくなっていた。山形合同新聞は、そういう公式発表の場所に塚本の代わりの記者を送っていることに、金森は気づいていた。が、配置転換があったとは聞いていない。そして、久し振りに会った今日は、自分を避けるように自社へと急いだ。

——これは何かあるかもしれない。

金森はふと、〝現代の秘境〟の手がかりをこの男がつかんでいるような気がしたのである。

8

「まずい男にまずい所で会ったなぁ……」

山形合同新聞鶴岡支局の中に入った塚本敬三は、産日新聞の金森に社の前で会うことなど、まったく計算していなかった。産日新聞の建物が自社のすぐ近くにあることはもちろん分かっていたが、そこに一人しかいない記者と自分が、社の前で偶然顔を合わせる確率はきわめて少ないと思い、油断していたのである。彼は今、「森の奥」へもどる準備を整え、支局の仲間との打ち合わせのために社を訪れたところだった。そして翌朝早く、彼はサヨが待つ山にもどるために出発するはずだった。この極秘行の直前に、ライバル社のうるさ型記者とベラベラ話をするわけにはいかなかった。

しかし、だからといって、相手から逃げるようにして社屋に入ったのは、もっとまずかったかもしれない、と塚本は半分後悔していた。あれでは、「自分は重要な仕事の真最中だ」と自白しているようなものだ。もっと自然に、ひと言、ふた言、言葉を交わしてからでも社にもどれたはずだった。塚本は、そういう余裕もないほど自分の神経が張りつめていることに初めて気がついた。

——自然に、自然に。もっと普段どおりに振舞わなくては……。

彼は自分にそう言い聞かせた。

塚本の緊張は、サヨへの気がかりが主な原因だった。実は、彼は翌日に山へもどれないことになった。彼女には「長くても二日」と言ってあった自分の不在が、これで三日に延びてしまう。はっきりと「嘘じゃない」と言って別れたのに、結果的に嘘をついたことになっていた。本当は、今すぐにでも水中トンネルを潜り抜け、彼女との約束を守りたい気持だったが、上司の長沼がそれを禁じた。理由は、社内の意識統一と打ち合わせがまだ不十分だったからだ。

　塚本が特ダネを追っているらしいことは、社内の記者たちは皆気づいていた。また、「森の奥から」という企画記事が、そのことに関係していることも分かっていた。塚本の留守中に長沼がある程度の情報を記者仲間に伝えたうえで、箝口令《かんこうれい》を敷いたからだった。しかし、「未成年者を社で確保する」という段階になれば、具体的な場所や人や物が関係してくるだけでなく、情報だけを扱う段階とはまったく別の、人権や法律問題もからんでくる。長沼と塚本の二人では手におえない。あと一人か二人、助っ人が必要だし、鶴岡のすぐ北に隣接する酒田市の記者も加えた協力態勢が望ましく、少なくとも両市の記者全員が社の方針を知っていなければならなかった。そこで長沼は、翌日に酒田市担当の記者と合同の「作戦会議」を招集し、その後に塚本を山へ送り還すべきだと判断した。塚本は、自分がいなくても作戦会議は可能だろうと言ったが、長沼は「彼女の実情について仲間の質問に答えられるのは君だけだ」と言って、会議への出席を命じたのである。

次の日に行われた作戦会議の議題は、主として二つに絞られた。一つは、サヨをどうやってトンネルのこちら側へ連れてくるかであり、もう一つは、彼女を連れ出した後、どうやって他人の目――とりわけ他社の目から隠し続けるかだった。

第一の問題で長沼と塚本が考えていた案は、サヨを塚本に同行させて、潜水服姿で連れ出すという方法だったが、カーナビなどで使われているGPS（衛星位置探査装置）の機能を利用すれば、山の中から地上ルートでも連れ出せるという意見が出た。また、彼女を〝確保〟する方法も、鶴岡市内のどこかに一室広めのアパートかマンションを借りるという腹案があったが、サヨの社会復帰を早く目指すならば、むしろ町から離れた農家に住まわせ、そこで普通の生活をさせるべきだとの案も出た。もちろん彼女を独りそこに放っておくのではなく、信頼できる人に預け、記者も貼りつけておき、他人にはサヨのことを「親戚の子」だとか、「養子」だなどと言っておくのである。

会議の結論は、第一の点については原案、第二の点は、原案と別案の両方の候補地を押さえておくことになった。連れてきた後のサヨの様子と社会の反応を見て、最終的にどちらを選ぶかを決めるという安全策を採ったのである。ＧＰＳを利用した救出作戦は、大勢の人間が動くし、社以外の企業や当局との接触や折衝が必要になる可能性もあるから、情報漏洩の危険があった。いずれにせよ、隠密の行動というものは、できるだけ少人数で行うべきだとの意見が優勢を占め、また今回は「サヨ」という未成年者の保護を第一にすべきとの結論になった。

塚本敬三がその晩、自分のアパートにもどったとき、食器棚の上の目覚し時計は午後十一時を回っていた。翌日の山行きの準備はできていたが、彼は布団の中でなかなか寝つけなかった。サヨとの再会後に行う〝社会復帰〟ならぬ〝社会参加〟のための作業のことが、海岸に打ち寄せる波のように次々と彼の心に去来していた。

準備期間は一週間で、その間、サヨに平仮名の読み書きを習得させ、携帯電話で仮名文のメールを送受信できるようにする。算数の足し算と引き算を教え、金銭のやり取りができるようにする。それから、現代人の生活に必要な最小限の言葉――例えばテレビ、ラジオ、新聞、雑誌、郵便、電話、自動車、自転車、カメラ、八百屋、魚屋、スーパー……

などの意味を教えておくこと。この〝現代生活の基礎知識〟のリストは、まだ完成していなかった。だから仲間の記者がリストを完成させ、あとからメールで彼に送ってくる手はずになっていた。つまり、塚本はこれから一週間、サヨを相手に小学校の教師の役を果たすのである。大学で教職課程を履修しなかった彼にとって、どこまでできるか不安もあったが、サヨは自分を信頼してくれているし、〝山の向こう〟へ行きたいという強い動機ももっていた。だから、彼女はきっと自分について来てくれるに違いない、と彼は思った。サヨは賢い少女であり、体は頑強で根気もあったから、知識の吸収という点では問題ないだろう。しかし、そうやって現代生活に次第に溶け込み、テレビを見、マンガや雑誌を読み、携帯電話で現代生活の様々な情報を吸収し、必要なものは自分で作らず、何でも店で買うことが、本当にサヨの幸福につながり、彼女の人間性を高めたり、豊かにすることになるのかを考えると、塚本は自信をもって「そうだ」と答えることがどうしてもできないのだった。

そんなことより、彼女が今もっている自然との一体感や、自然とともに生きる知恵や考え方、そして実際に体を使って自然とわたり合っていく技術――農作業、漁、手仕事などの方が、彼女に豊かで、幸福な人生を与えているのではないか、と塚本は思う。

自分も、あの山でサヨと生活した一ヵ月あまり、現代生活では体験できない充実感を味わった。それはもちろん、不便で、厳しく、自由がなく、時間のかかる生き方だ。食事はコンビニでは買えないから、料理は薪作りから始めねばならない。薪ができていても湿っていてはいけない。だから、あらかじめ木の枝を短く切って薪にしておく。また、木が太ければ薪割りが必要だ。火をおこすのもマッチや着火剤があるわけでもないから、すべて手作業で行う労働であり、食料集めも、農作業も、魚捕りにも体力と時間がいる。

しかし、こういう一見、非効率的な作業の間に発見されるもの、そういう過程でしか味わえないものも数多くあるのだった。サヨの棲む森には倒木がいくらでもあったから、薪の材料には事欠かなかった。チェーンソーなどもちろんないから、時間をかけてそれをノコギリで挽《ひ》き、ナタで割る。直径二十センチほどのクリの倒木を四、五十センチの長さに切り、数十本の薪にするのに一時間以上かかった。これは体力を消耗する。チェーンソーを使えば十分ですみ、体力もあまり使わないだろう。しかし、それでは単純労働をこなしたというに過ぎない。

これにひきかえ、手作業で薪をつくるのは重労働だから、人間は全力でクリの木と取り組む。「全力」という意味は、筋力だけでなく、知力や想像力も動員することだ。自分はその時、切り口の年輪を数え、手をかけているクリの木の一生のことを考えた。そういう想像を広げることで、筋肉労働のつらさを和らげる。そうすることで自分とクリの木の間の心理的距離が近づいて、クリの木肌が軟らかくなったように感じる。労働がきついから、木の切り方にも注意を払う。固い節を避けて木を切ろうとして、枝がどう生えているのかよく観察した。クリの木肌に注意したし、木の皮の下にどんな虫がいるかも知り、汗だくになりながらも、さわやかな木の香をじっくり味わった。効率優先の考え方からすれば、時間の無駄使いかもしれない。が、塚本は、不便さや苦労の中には効率とは別の価値がぎっしり詰まっていることを知った。

だから、不便で非効率的な生活は必ず不幸であり、豊かさに欠けるという考えに、彼は賛成できないのだった。そういう観点からは、サヨはずっと幸福で豊かな生活をしてきたと言うことができる。では今、そんな彼女を一体なぜ現代社会へ連れて来るのか？　その答えは塚本には明白なはずだった。それは彼女が「独り」だからだ。「人間は独りでは生きられない」というのが常識だからだ。この常識には、しかしほころびが見えた。というのは、サヨは現実に何年も独りで生きてきたのであり、その結果、精神に何か異常をきたしているわけでもないからだ。彼女の心の強靭さが、一体どこから来るのか分からない。が、彼女をそのままにしておいてあげることはできないのか、と彼は思った。

その時、

「おめさん、神さまさなったらだめだ！」

——真剣なサヨの声と表情とが塚本の脳裏に甦ってきた。

そうだった。彼女は自分を待っている。もう独りではいられないのだ。その原因は、自分にある。だから、自分は責任を果たさねばならない……。

塚本は、サヨのいる森へ舞いもどっていた。夢の中の移動は楽々とおこなわれていた。

◇

前夜の夢の中の移動にくらべ、現実の移動は繁雑でまどろっこしいものだった。塚本は翌朝早く、目覚し時計ではね起きると、朝食もとらずに身支度をして自分のアパートを後にした。そして、前日から荷物を積み込んでおいた社の車で、支局長の長沼の家へ向かった。そこで長沼を車に乗せ、八久和ダムまで走るのに小一時間かかる。その間にコンビニへでも立ち寄ってサンドイッチと牛乳を買い、運転しながら朝食を済ますことができると思った。

長沼との打ち合わせでは、車を家の門の前につけるのが午前七時。そこから八久和ダムの手前の郷太爺さんの家まで一時間かかるとして、八時には車を降りてウェットスーツに着替え始める。ダムの第一回の放流時間は九時と聞いていたから、それまでの間に、貯水池のトンネルのある場所まで郷太爺さんに筏《いかだ》で連れて行ってもらう。そして、水量が減った頃を見はからって、荷物を入れたケースとともに潜水を開始する。ケースの重さの調整や、塚本自身の体重を錘《おもり》で調整する時間も必要だから、案外忙しい作業になるだろう。これらすべてが順調にいけば、彼が水中トンネルをくぐってサヨのいる森へ出るのは十時半から十一時ぐらいになる――こういう計算だった。

車に乗り込んできた長沼は、塚本の左肩を二回叩いて「おはよう」と言ってから、手に持っていたものを差し出した。透明ラップに包まれた握り飯だった。

「朝飯、まだだろう？　腹ごしらえしてから行こう」

「あ、有難うございます」と礼を言ってから、塚本は続けた。「でも早めに行った方がいいので、走りながら食べます」

「じゃあ、おれが運転する。食事はすませたから」と長沼は言った。

「すみません」と塚本は素直に上司の好意に感謝した。

運転手が替わった白い乗用車は、やがてタイヤを鳴らしながら、朝の光の中を山形自動車道の方向へ走り去った。

9

鶴岡の夏は暑い。

緑深い鶴岡公園の南を通る大山《おおやま》街道は、公園から遠ざかるにつれて蝉の声は小さくなり、道路からの照り返しがひどくなる。産日新聞の金森達二は、右手に建つ白い板壁の致道博物館を横目で見ながら、明治の人達はこの暑さをどうやってしのいだのかと、ふと思った。そして顔をしかめながら、空調のきいた図書館へと歩を速めた。

彼は、山形合同新聞の鶴岡支局前で塚本敬三の姿を見て以来、この通りのすぐ先にある市立図書館へ行くことを考えていた。「森の奥から」の記事にあるような〝現代の秘境〟が、山形県内に本当にあるかどうか調べるつもりだった。

——このへんで、もっと本腰を入れて山形とつき合うか。

と彼は思った。

金森は鶴岡に来てまだ二年目だった。前任地の前橋には五年いたが、途中で着任してきた新しい支局長との折り合いがうまくいかなかったこともあり、山形転勤となった。当時の彼は入社して七年ほどだったから、まだしばらく地方回りが続くことは覚悟していたし望んでもいたが、首都圏からいきなり東北へ、しかも県庁所在地でない場所へ飛ばされたことには、当初かなり抵抗があった。だから、新任地の鶴岡の文物についての関心も今ひとつ湧いて来なかった。しかし「住めば都」とはよく言ったもので、歴史が色濃く残るこの鶴岡の地は、東京生まれで都会志向だった金森にも、〝都会〟とは反対方向にも世界は暖かくひろがっていることを気づかせてくれていた。

金森は、学生時代はともかく、記者になってから小説の類をあまり読まなくなっていたが、まず手始めに鶴岡出身の作家、藤沢周平の作品をいくつか読もうと思った。鶴岡と縁のある文学者は、横光利一、森敦、高山樗牛、丸谷才一など少なくないが、金森が藤沢に注目したのは、この作家が鶴岡で生まれ育っただけでなく、いわゆる〝時代物〟を書く作家だったからだ。時代小説を書くには、その時代の習俗やその地の歴史や地理に詳しくなければならず、また小説はニュースの価値判断と似たところがあって、「珍しい」出来事に取材することが多い。つまり「古く珍しい出来事」に詳しいことが、時代作家には必要だ。もし藤沢がそういう人物なら、鶴岡付近に昔から存在する〝秘境〟のような場所も知っていて、万が一にも作品で取り上げているかもしれない――こう思ったのである。

そんな勘のようなものを頼りに、金森が図書館の棚の前で藤沢の作品群を眺めていた時、目に留まった一冊が『春秋山伏記』（新潮社）だった。これは羽黒山などで修行する山伏を扱った作品集である。山伏なら山奥の隅々まで知っているだろうから、〝秘境〟のような場所が小説の舞台に登場する可能性は大きい、と金森は思った。案の定、その本の巻末に付された藤田昌司氏の解説には、次のような記述があった。

この連作集の最後に収められている「人攫《さら》い」に「箕《み》つくり」が登場する。「箕つくり」とは山窩《さんか》のことだと私は思った。山窩は「定住せず、一般人と離れて山奥や川原などに群居する漂泊性の人々」（『広辞林』）である。その北限が出羽三山一帯であり、湯殿山の坂道に撒《ま》かれて銭などだれを起こす賽銭《さいせん》は、山窩たちの収入として黙認されていたという。

——これは、一種の秘境に住む人たちのことだ。
と金森は思った。
出羽三山とは、鶴岡の東に位置する月山、湯殿山、羽黒山を指す。彼にとって「山窩」という言葉は聞き慣れなかったので、百科事典で引いてみると、「散家」とか「山稼」「山家」などとも書かれ、地方によっては「ポン」「ノアイ」「オゲ」「ヤマモン」などとも呼ばれた人々のことらしい。小集団で統一組織をもって山の洞窟に住むなど、昔から平地の人間と生活様式が違うために奇異な印象を与え、また平地の人とは物々交換はしても深い交際はしなかったし、戸籍をもたない人も多かったという。箕、籠、蓑や笠、下駄などの細工物を作って、里へ下りてきて食料などと交換したらしい。そういう人たちが、戦争前まで日本の山間部には点々と住んでいた。しかし、戦後の経済発展とともに姿を消していき、今ではその実態は不明だという。

金森は、すぐにその本を読み始めた。

この作品集は、鶴ヶ岡（鶴岡の古称）から赤川を上流へ数里いった山村を舞台にしていた。もっと具体的には「櫛引通《くしびきどおり》野平村」にある薬師神社に別当として赴任してきた大鷲《たいしゅう》坊《ぼう》という山伏の目から見た、江戸時代の村人たちの生き様を描いた五つの作品からなっていた。最後の作品である「人攫《さら》い」では、その薬師神社の夏の終わりをつげる祭りの最中に、若い未亡人「おとし」の幼い一人娘が見えなくなり、村人が総出で捜したが見つからず、結局誰かにさらわれたということで、大鷲坊とおとしが何処ともわからない山奥の箕つくりの村を捜しに出かけるという設定だった。
金森は、この作品中に次のようなくだりを見つけた。

何十年も前から、あるいはもっと昔から、一年のうちのある時期になると箕つくりは村にやってきて、箕やそのほかの藤皮や竹細工の物を作ったり、修繕したりした。そしてしばらく村の家家の隅でひっそりと仕事をすると、いつの間にかいなくなった。手間は必ずしも金ではらう必要はなかった。彼らはむしろ米や粟《あわ》、味噌、塩あるいは古着などを喜んだ。

箕つくりたちは、二、三人で村に入りこむときもあり、その年によってはただ一人で来ることもあった。彼らは一様に無口で、村人とはほとんど口をきかず、黙黙と顔を伏せて仕事をした。だから彼らがどこから来るのかを知る者はいなかった。ただ村人には、ごく漠然とだが、彼らが遠い山の中の村に住み、平地を歩くように山を歩くらしいことを知っていた。昔からそう言い伝えられていたのである。

「これだ」と思って、金森は膝を打った。鶴岡近辺の人知れぬ山奥に、特殊な仕事をする人々の一団が昔から住んでいたのである。さらに読み進んでいくと、具体的な山の名や、地名がいくつも出てくるのだった。例えば、鶴岡の南方に広がる朝日連峰一帯については、こうあった。

大鳥村は鎌倉幕府の家人工藤祐経《くどうすけつね》の一族、椈平《ぶなだいら》は同じ鎌倉の家人三浦義村の一族、また下流の大平、荒沢の村村も、往古から落人《おちゅうど》がのがれてきて隠れ住んだと伝えられている土地だった。

金森は読んでいる本の隣に地図を広げて、この作品中の「箕つくりの村」がどこにあるかを探し始めた。地図を見渡したところ、小説に出てくる地名のほとんどは、鶴岡の南にひろがる朝日村に含まれる。ここは県内第二の広大な村域をもつ山岳・丘陵地帯で、村内の河川は、出羽山地西麓の豊富な水を流す急流である。

まず、薬師神社があるという「櫛引通野平村」とは、恐らく現在の東田川郡櫛引町のことだろう、と見当をつけた。鶴岡の南隣の町である。「薬師神社」というのは、恐らく実在していない。なぜなら、実在の神社を小説の舞台にすると、事実から離れた記述が難しくなり創作の自由性が失われるからだ。赤川は櫛引町の真ん中を南北に走っているが、庄内平野が終わり山地がはじまる「庄内あさひインターチェンジ」付近から上流は、二本の別名の川となる。東側は、月山方向から来る梵字《ぼんじ》川で、南側は、十数キロ川上にある荒沢ダムから流れる大鳥川だ。小説で「大鳥村」とあるのは、その大鳥川を荒沢ダムよりさらに数キロ遡ったところにある現在の「朝日村大鳥」のことだろう、と金森は思った。そうすると、櫛引町から大鳥までは直線距離で約二十キロという計算になる。

藤沢の作品では、さらわれた子を捜す母は山伏達の助けを借りながら、この大鳥村からさらに十キロほど山を登った大鳥池付近へ行く。小説の記述によれば「川上にむかってどこまでも遡ると、大鳥川は次第にせばまり、やがて巨大な湖沼に達する」のである。金森は、この池のことを別の文献に当たって調べてみた。すると、大鳥池は標高九六三メートルの高地にある県最大の池で、周囲は約三・五キロ、水深は六六メートルもある。『郷土資料事典6　山形県』（人文社）によると、「以東《いとう》岳の雪渓の水を集めた池水は、景勝七ッ滝から大鳥川の渓谷に流れ落ちて下流部に多くの滝をかけ、見事な渓流美を展開する。交通が不便なだけに自然の美しさをそのままとどめた秘境である」という。

小説の中では、箕つくりの村があるのは大鳥池の東へ三、四キロ行った「オツボ沢」ということになっている。しかし、地図を見ると、そこへ行くまでには標高一五八二メートルのオツボ峰を越えねばならない。

金森は、じっと腕を組んで考えていた。

かなりの強行軍を覚悟しなければならない、と思った。文献によると、大鳥登山口までは車で行けるが、そこから大鳥池までは三時間、山道を徒歩で行くことになる。ほとんどは傾斜の少ない道だが、池の手前の「七曲」あたりから急勾配となるらしい。大鳥池からオツボ峰まではさらに三時間歩かねばならず、そこからオツボ沢へ下りるのに一時間半だ。こうして徒歩で行くコースを合計すれば約八時間だから、一日では無理だ。どこかで一泊しなければならない。

——しかし、本当に箕つくりの村などあるのか？

地図上に指紋のように広がる等高線を見つめながら、金森の頭の中ではこの疑問が消えなかった。そして、山岳地図『朝日連峰』（昭文社）に付いていた説明書を読んだ時、この疑念は一層強まった。オツボ峰のすぐ南西に朝日連峰第二の高峰、以東岳（一七七一メートル）があるが、この山からオツボ峰に行く行程を、その説明書はこう書いていた。

大鳥池を左手に見下ろしながら、頂上稜線を北東に向かう。小さなアップダウンがあるが、快適にオツボ峰に着き、さらに下ると広いお花畑となる。夏の花ももちろんいいが、秋の紅葉もまたお薦めの場所だ。

いかにも楽な行程のようであり、「お花畑」もあるし「お薦め」だという。だから登山客も大勢行くに違いない。そんな場所の目と鼻の先に〝秘境〟があるとしたら、それはとっくに発見されているはずだ。

ここまで考えて、金森は思わず吹き出してしまった。作家の描写があまりに真に迫っているので、彼は自分が読んでいるのが小説であることを忘れかけていたことに気づいたからだ。小説は当然、作り物である。しかも、この作品の舞台は江戸時代だから、昭和生まれの藤沢の目撃情報ではない。だから、小説の中の「その場所」には秘境などない、とするのがまっとうな考え方なのだった。

——しかし……。

と金森は思った。

かつて山奥で生活していた人達は、全員が里へ下りたのだろうか。下りたきり、昔の生活も技術も忘れ去ったのだろうか。そういう人達の間に少数だがとんでもない〝頑固者〟がいて、山の生活を守り続けたということはないのか。

金森の頭の隅に残っていたのは、山形合同新聞の最近の「森の奥から」の記事だった。あんな記事さえ出ていなければ、この〝現代の秘境〟探しから、自分はとっくに手を引いているだろう、と彼は思った。連載四回目となる前日の記事では、潜水服姿の現代人が〝秘境〟の少女の前に現れて、写真を撮ったりしている。これは、どう考えても新聞か雑誌の記者の行動だ。しかも記事の署名は、当初の支局長の長沼ではなく、あの塚本の名前に変わっている。塚本は、ここ一ヵ月以上姿を隠していたから、その間何ごとかを取材していたに違いない。その結果が今、記事として発表されつつあるのだ。とすると、彼は〝秘境〟を見つけたということになる。先日の塚本の行動の不自然さは、それを有力に語っているではないか……。

金森達二は、翌週の合同新聞に載るはずの連載第五回目の記事を読んでから最終判断を下そうと思いながら、図書館のドアを押した。

夕暮れの市街には、まだ熱気が漂っていた。

10

塚本敬三と上司の長沼を載せた車が、八久和ダムを目指して鶴岡を後にした前の日、山形合同新聞には「森の奥から」の連載第四回が掲載されていた。その二週間後に掲載される第六回が、他社の取材攻勢の〝引き金〟を引くだろう、と二人は考えていた。

その記事では、独り秘境に棲む少女の家を訪れた男が、自分を「新聞社の人間だ」と紹介し、取材の申込みをするのである。連載をここまで読んだ読者は大抵、これは名前を伏せた事実報道の一種だと思い当たるはずだった。ましてや同業の新聞記者だったら、「しまった」と思うだろう。他社より先にニュースを報じることを「抜く」と言うが、これはまさに「大きく抜かれた」ことになる。大失点ということだ。各社は一斉に名誉挽回に動き出す。そして朝日村署へ行けば、きっと少女の棲む場所の手がかりが摑めるから、郷太爺さんへの取材が始まる。そうなれば、水中トンネルが発見されるまでそう長くはかからない。だから、塚本がサヨに現代生活に必要な一週間の〝教育〟をほどこしたうえで、山から安全に連れ出すためには、できるだけ早く山へ戻らなければならなかった。

塚本は郷太爺さんには、前もってこの日の段取りを伝えてあった。

だから、二人の車が爺さんの家の見える道路脇に停まると、ほどなくして、山の斜面の木々を細かく揺らしながら爺さんが姿を現わした。

「おめさんがだ、その娘どご（娘のこと）、連れ出してどうする気だなや？」

水辺まで下りる山道を案内しながら、爺さんは二人に訊いた。爺さんには大体の事情を話してあったが、サヨの今後の処遇については明言を避けていた。

「未成年者だから保護しないといけないし、教育を受けさせる義務もあるしね」と、長沼が通りいっぺんの答えをした。

「んだども、どごの家さ連れでいぐなや?」と爺さんはさらに訊いた。

「そいだば、はっきりは言えねでば……」と今度は塚本が答えた。そして、「大騒ぎになると、ほかの新聞やテレビが押しかけて女の子は混乱しますから」と標準語で付け加えた。

「郷太爺さん……」

黙っている爺さんに向かって、長沼がやや緊張した声音で話しかけた。

「このことは、どうか秘密にしてもらえませんかね?」

爺さんの沈黙は、しばらく続いた。山道が切れて急斜面を降りる段階に移っていたこともあったが、爺さんが要求の重みを測っていることは確かだった。

長沼は、説明不足を感じて言った。

「我が社の記事を読んでもらってると思いますが、我々の意図は彼女を衆目にさらすことではなく、彼女の守ってきた世界を今の人々に伝えることなんです」

郷太爺さんは答えぬまま、斜面を降り続けた。そして、

「おめさんがだ、そんげだごど言うなだが……」

とつぶやくように言った。

塚本には、爺さんの言いたいことがよく分かるような気がした。自分の仕事場であるマスメディアは、それこそ現代文明の先端にいて、より速く、より多くの情報を集めるためにしのぎを削っている。その目的のためならば、自然界のルールを無視したり曲げたりすることに躊躇しない。取材では、夜中に発電機を回して皓々《こうこう》と明かりを点けたり、ヘリコプターを飛ばして鳥や動物を威嚇することもある。昼間は昼間で、要人やアイドルが山の中に入れば、不必要な人数で強引に車で乗りつけ、重い機材を持ってカタクリの群生地やキノコのシロを踏みつけていく。それでいて、別の話題を取材するときには、「貴重な自然」とか「自然美を満喫」とか「環境破壊を防ごう」などと言って、自分たちの普段の生き方は忘れ去ったかのような顔をする。だから、そんなマスコミの人間が、自然信仰ともいえるサヨの生活を現代人に伝えるなどと言っても、本気にしてもらえないのは仕方なかった。

筏のつながれた水際まで降りてから、爺さんはボソリとこう言った。

「おれはべらべらしゃべる気はねさげ」

長沼は何度も礼を言い、塚本はすぐにウェットスーツに着替えはじめた。

◇

塚本が水中トンネルを抜けて浮上した場所からは、サヨの姿は見えなかった。

昼前の太陽は真上から塚本の頭や肩をじりじり照らしたから、マスクやゴムのスーツで覆われた体は、水から上の部分だけに熱が伝わってきた。耳をすますと、セミの合唱の隙間から何か硬いものを規則的に叩くような音が聞こえていた。それはキツツキの音よりはゆっくりで、大時計の時報よりは間隔が短い。いずれにせよ、それが人間の手によるものであることは、塚本にはすぐ分かった。彼は最初、サヨが金槌を使っているのだと思った。しかし金槌の音ならばいつか途切れるし、釘の打ち終りには音が小刻みになる。が、その音は一定の間隔で鳴り止むことなく続いているのだった。塚本は次に、祖父の葬式の際に聞いた木魚の音を思い出した。読経のない、木魚だけの短調なリズム……。

　塚本は、大きな岩の上に手をかけて池から上り、苔で滑りやすい岩の表面に注意しながら、土の上へと降りた。そこで足ヒレを手早く脱ぎ、握っていたロープを引いて、荷物の入ったプラスチック・ケースを手繰り寄せ、陸へと引き上げた。その間中、木魚のような音は鳴り続けている。彼は着替えを後回しにして、ウェットスーツのまま音の鳴る方へと急いだ。

　サヨの両親の墓は、家をはさんで池とは反対側の東南の斜面にある。墓石が立っているわけではなく、土饅頭の上に簡単な木組みをし、その手前に供物用の木製の台をしつらえただけのものだ。それが、父母の分だけ二つ並んでいる。サヨは毎朝その前に座って手を合わせ、父母の霊に語りかけていた。音が聞こえてくるのはその場所だ、と塚本は直感した。

　家の南の角を回ったところで、塚本はサヨの後姿を認めた。普段、見たことのない白装束だ。二つ並んだ土饅頭に向かって座るサヨは、頭と上半身を小刻みに揺らしながら、一方の供物台の上にある木器を、右手に持った棒のようなもので叩いている。目は開いているのかいないのか後ろから見えないが、数珠をかけた左手を高く掲げているから、恐らく

「祈り」の中にあるのだろう。そういう姿勢を長時間続けているのであれば、意識の混濁したトランス状態にあるのかもしれない。

塚本は、その揺れる白装束のサヨの姿に、何か近寄りがたい威厳を感じていた。彼女の自然信仰に一目を置いていた彼には、その儀式の最中に声をかけることが憚《はばか》られた。儀式が終れば音も止む。それを見はからってまたここへ来ればいいと彼は考え、池のそばに置いてきた荷物の所へもどろうと思って体をゆっくりと回した。

突然、物音が止んだ。

「ケイゾーさん、帰《け》ってきたぁだが！」

サヨの大声に驚いて振り返ると、彼女は土饅頭の方に顔を向けたまま両手を下ろし、背筋を伸ばした姿勢で動きを止めていた。両肩が上下に動いているのは、呼吸を整えようとしているのだろう。

「んだ。帰《け》ってきたぞ」

と、塚本は言った。そして、サヨがこちらへ振り向き、立ち上がって来ると思い、身構えた。

しかし、彼女はよろよろと立ち上がりはしたが、右手で自分の口を上から押さえ、塚本を避けるようにして家の南側へ向かった。

「なんしたなや、サヨ?」

彼は二、三歩前へ進んだが、サヨは何も答えず、うつむき加減の姿勢のまま、小走りで家の南の角を曲がって見えなくなった。塚本は彼女の後を追った。サヨは体調が悪いのだ、と彼は思った。それなら無理に走ったりせず、家で静かに寝ていればいい——そう思いながら塚本が家の角を曲がると、サヨの姿はもう見えなかった。そして、家の中をドタドタと歩く音に続き、戸が開いて閉まる音がして、やがて胃を絞るような嘔吐の声が聞こえた。

「サヨ、なんした。今いぐさげ!」

塚本は家の中へ跳び込んだ。サヨの声が厠《かわや》の方から聞こえる。その前に立ち、扉を叩く。

「ここ開げでくれぇ」

サヨは答えない。その代わり嘔吐の声がさらに二、三回続き、やがて静かになった。塚本が扉に手をかけると、それはスルリと開いた。鍵はかかっていなかった。

サヨは肩で激しく息をしながら、板壁に両手を踏ん張って苦しさに耐えているようだった。塚本がその背中をやさしく擦《さす》ると、やがて気分が落ち着いたのか、顔を上げて彼の方を見た。目は充血し、口の周りに何か緑色の液体が付着しているように見えた。

「気分悪《わ》りなんだば、寝ぶればいい」

と塚本は言った。

彼女は素直に頷いて、彼の肩に両手を伸ばした。

サヨは、塚本が整えた床の上で昏々と眠った。

夕方になっても目を覚まさず、時々うわ言のようなことを口走った。塚本は彼女が死ぬのではないかと、気が気でなかった。長沼に電話で状況を詳しく知らせ、医師の意見を聞いてもらったが、インフルエンザに罹ったか、食中毒の可能性もあるという答えが返ってきただけで、素人の彼には手の打ちようがなかった。ひと晩様子を見て容態が悪化するようだったら、当初の計画を変更して医者を送り込むか、空から彼女を救出するなど非常手段を講じる、と長沼は伝えてきた。

塚本は暗黒の室内で、寝息をたてるサヨを前にまんじりともせずに夜を過ごした。非常燈は持参していたが、バッテリーの数に限りがあったから、ときどき点けてサヨの様子を見た。闇の中に浮かび上がる彼女の顔は、最初青ざめていたが、やがて白くなり、夜半過ぎには、心なしか赤みが射してきたように見えた。それに気づいた塚本は、自分が救われたような気がした。それは、仕事がうまくいくという安堵感ではなく、この無辜で薄幸の少女を失うつらさから解放される喜びだった。サヨを失うことは自分にとって苦痛であるという事実が、塚本を驚かせていた。涙が知らぬまに溢れた。その理由を、彼は自分でも理解できなかった。やがて疲労が、塚本を心地よい眠りに引き込んでいった。

動物が水を飲むようなペチャペチャという音を聞きながら、塚本は目を覚ました。夢の中では、確かにネコのような小動物が土間の入口近くにある水桶に頭を突っ込んでいたような気がして、彼はあわてて体を起こした。隣で寝ていたはずのサヨが、土間で水桶を差し上げて水を飲んでいた。外はすでに明るく、窓から差し込む外光が、両足を踏ん張るサヨの体を黒々と浮かび上がらせていた。

「起きで大丈夫だが？」

と塚本は言った。

サヨは一瞬、動きを止めてから彼の方を振り返り、明るい声で言った。

「ケイゾーさん！　おいだば（私は）もう大丈夫だ」

その弾むような声を聞いて、塚本はあっけに取られていた。サヨは水桶を横へ置くと彼の所へ来て、ニッと白い歯を見せた。昨夜の深刻な容態が嘘のようだった。

「心配《しんぺ》したぞ。死ぬなんでねがと思たでば」

と、塚本はサヨの両肩に手を置いて言った。

「もっけだけんども（ありがとう）、ちょっこし多ぐしたもんださげ」

サヨはこう言って、ぺろっと舌を出した。

塚本は、サヨが何を「多くした」のか分からなかったので尋ねた。すると、彼女は妙な話を始めた。

——サヨは、塚本がもどると約束した日に帰って来なかったので、自分から彼に会いに行ったのだという。どうやってそれをしたかと聞くと、「アカボウシを食べた」という。その量が多すぎたので、意識がもどる時に苦しかったそうだ。彼女が前回それを食べたのは五年前で、その時は母が適量を加減してくれたが、今回は初めて自分でやったので量を間違えたのだという。食べた後、自分の希望する場所や会いたい人のことを強く念じ続けると希望がかなうのだ、とサヨは真面目な顔をして言った。

アカボウシとは、幻覚作用のある成分を含んだ植物のようなものだと塚本は理解した。サヨは「それは土から出る」と言ったから、キノコの一種かもしれなかった。とにかく、それを食べて親の墓の前で祈ると、塚本に会えた。すると彼は「山の向こうへ行くのははやめて、二人でここに住もう」と言ったというのだ。

塚本は返答に困っていた。サヨは幻覚の中で自分と会話をしたのだろうが、そんな説明をしても、この自然児は事態を理解しないに違いない。目の前の嬉しそうな、信じ切った顔が、それを物語っている。彼女のそんな夢を無下に否定しないで、自分の本当の意志を伝える必要がある、と彼は思った。

11

「おれがここに住もうと言ったなだば（言ったのは）、〝ちょっとばしの間だけ〟という意味だ」

と塚本はサヨに言った。

「ずっとでねなだが？」（ずっとではないの？）とサヨは目を丸くして訊いた。そして「おれと一緒になんねなだが（一緒になるんじゃないの）？」と続けた。

塚本は、この少女の早合点に思わず口元をゆるめたが、こういうことは誤解の余地を残しておくのはよくないと考え、はっきりと自分の意図を説明しようと思った。

「あのな、サヨ……」と彼は言った。「おれはおめと一緒になるつもりはねなだ、少《す》ねぐても今はねー。おればおめどご山の向ごうさ連れでいぐために来たなだ（お前を山の向こうへ連れて行くために来たんだ）」

彼の言葉を聞くサヨの表情から、しだいに明るさが消えていくのが分かった。塚本は構わずに続けた。

「行ぐまで七日《なのが》ある。ここで一緒に住むなは、その間だげだ。その間、やっごどいっぺ（やることが沢山）あっぞー。山の向ごうで住むためだば、いっぺ覚《おべ》えねばならねぜー」

「なして、いっぺ覚えねばならねなやー？」

とサヨは訊いた。

「そりゃ、山の向ごうでだば生活が違うなだ。人の生ぎ方だて違うなだ」

「そんだどごさ行がねぐでも（そんな所へ行かなくても）、ここで生ぎでればいぃ」

とサヨは口を尖らして言った。

この土地がもはや〝秘境〟でなくなることを、彼女は知らない。文明がどんな力で自然を壊し山の生活を奪うかを、彼女は知らない。塚本は少し考え、本当のことを言おうと思った。

「ごごさ、そんま（そのうち）人がいっぺ来んなだぞー。そいだごどなたら今までみっでだ（そうすれば、今までのような）生ぎ方だばでぎねー」

サヨは、しばらく視線を周囲の森の上に泳がせながら、彼の言ったことの意味を考えている様子だった。恐らく、父親が敵意をもって語った「山の向こうの人たち」の話を思い出していたのだろう。そういう人たちが山と池とを奪いに来る。そう理解したのかもしれない。

「ケイゾーさんは、戦わねが？」

と彼女は顔を上げ、真剣な表情で訊いた。

まったく予期しない言葉だった。塚本は返事に詰まっていた。彼女は、〝時代〟と戦った父親と自分を混同している。この年齢の少女にはありがちなことだ。好いた男に、父親の面影を映し見ている。残酷かもしれないが、現実をありのまま告げるべきだ、と彼は思った。

「サヨ、おれは山の向ごうがら来た人間だぜ」

と塚本は、彼女の目を真っ直ぐ見て言った。

「んだども……」と言ってから、サヨは視線を彼の胸から足元へとゆっくり落としていった。その時間がずいぶん長く感じられた。周囲から押し寄せるセミの声が、塚本の思考を停止させそうだった。

顔を上げたサヨの目は、思いのほか明るかった。

「山の向ごうさだばケイゾーさんみってだ（みたいな）人、いっぺいんなだがー（沢山いるの）？」

彼女は頷きながら言った。それは塚本への質問というよりは、自分に言い聞かせる言葉のようだった。塚本は、その質問の真意を測りかねて黙っていた。


その日から、塚本はサヨに読み書きと四則演算の特訓を始めた。これは本当に江戸時代の寺子屋のようだ、と彼は思った。比較的涼しい午前中は食料集めや農作業に使うから、この〝にわか寺子屋〟は、昼食をすませてから夕食の準備が始まるまでの数時間に集中して行われた。真夏の午後は、普通の人でも眠気を催す暑さになるが、慣れない鉛筆を握り室内で座って学習することは、自然児のサヨには当初、かなり負担だった。文字を憶えるために、小学生用のノートの升目に字を埋めていく作業は、彼女の居眠りでしばしば中断した。計算問題をやらせていても、気がつくと彼女は宙を向いてまどろんでいるのだった。

塚本はその様子を見て、三日目から方法を変えた。時間が限られているため、実用本位の学習にしぼったのだ。文字は、平仮名を中心に、ごく簡単な漢字のみ憶えさせることにした。当面の必要は、携帯電話によるメールのやりとりだから、漢字を書けなくても仮名さえ憶えればできると考えた。一方、計算は生活に即したものにした。例えば、燃料用の薪を一日何本作れば冬の準備ができるのか、そのためには高さ二〇メートルの木を何本伐採すべきか。家族が四人の時、一ヵ月に三種類の木の実を何個食べることになるか、その場合、雨の日が一週間に二日あったとすると、一回で拾わねばならない木の実は最低で何個になるか……などという問題を出し、家の中だけでなく、外へ出て実物を見たり、拾ったりしながら教えた。

テレビや自動車、コンビニなどの〝現代生活の基礎知識〟を教えるためには、写真を用意してきていた。それを指し示しながら、この箱の中に世界が映り、音も出るとか、ここに人が乗って手と足でどうすれば動くとか、お金を持ってここへ行けばほしいものが買えるなどと説明した。

この「ものを買う」という行為を説明するのには、結構時間がかかった。というのも、サヨはものに「値段」というものがあることを知らなかったからだ。もちろん「お金」も使ったことがない。そこで初め、塚本は自分が持っていた十円玉や百円玉、千円札などを見せて、こっちにある数字がこっちより大きいから価値があるなどと説明したが、サヨは「千円札が百円玉より価値がある」ということがなかなか理解できなかった。

「紙だば濡れだり破れだりしたら使えねでも、なして硬ぐて壊れね金もの（金属）より値段高っげなだ?」

改めてこう訊かれると、塚本は説明に少し困った。

経済学の用語など理解できないだろうし、「政府が価値を保証しているから」などという説明も、政治のことなど知らない彼女には分かるはずがない。そこで少し面倒になって、

「紙のお金だば、破れにっぐ（破れにくい）特別上等の紙どご使《っ》かて、いっぺ色つげであっさげ（沢山色もつけてあるから）、値段高っげなだ」

などと、いい加減な答えをした。

すると、利発なサヨは一万円札と千円札を並べて考え込んでしまった。塚本は、自分の説明の間違いを見透かされたような気がして、あわてて言った。

「ああ、わりわり。今しがただの説明だば本当でねけ（本当じゃない）」

そして「ほんとで（確かに）一万円札だば、千円札の十倍もきれいでねぇのぉ。そいどご（そのことを）説明すんなんば、ちょっとばし難しぃ。んだども、そのうちわがっさげ」と付け足した。彼は、買い物をしたことのないサヨには、こういう問題は理論だけでは理解できないが、実際に店で買い物をしてみればすぐ分かるだろうと考えていた。

しかし、この「ものの価値」について、彼女は塚本にずいぶん食いついてきた。サヨに言わせると、すべてには「ものそのもの」に価値があるはずだった。しかも、その価値は、人間が「決める」のではなく、「発見する」のだという。例えば、ある植物の実は、人間が見て美しくなく、目立たないものであっても、それを人間が採取して食料にしたり、油の原料にしたり、染料にしたりできることが分かった時、もともとある価値が「発見され」「引き出される」のだという。この考え方は一見、人間にとっての「利用価値」を指しているようだが、彼女の考えでは、人間の利用できないもの——例えば食べ残した食料、使えなくなった道具、動物の死骸、朽ち木、枯葉、害虫などにも価値があるのだった。なぜなら、そういうものも最後には〝土に返る〟ことで土壌を肥やすだけでなく、その過程で他の生物の栄養源にもなるし、木の葉などは美しい色に変じたりもするからだ。また、こういう価値は、一本の枯木、一枚の落葉に付着して存在する「個別の価値」ではないようだった。それよりは、自然界全体に普遍的価値が内在していて、自然の変化の背後に隠れて常に還流し続けている。そのうちの一部が、ある条件のもとに表面に浮き上がって見えるのが、人間にとっての利用価値だ、と考えているようだった。

教育のないサヨは、もちろん自分の考えをこんなふうに整理して、理論的に説明したわけではない。しかし彼女が「木にも池にも虫にも神さまがいる」と言ったり、「今日は神さまが見えない」と言って嘆いたり、イワナを食べながら「魚の神さまにお礼を言う」と言ったりするたびに、塚本はその意味を詳しく聞いてみた。すると、サヨの稚拙な説明の中から、このような世界観がほの見えてくるのだった。

それは世界観であると同時に、彼女の宗教でもあった。毎朝、サヨが両親の墓の前で祈りを捧げるとき、彼女は自分の記憶に残る人格をもった「父」や「母」と語り合うと同時に、その父母を背後で支えてきた（そして今も支え続けているであろう）自然全体の見えない〝命の流れ〟と交流をもち、その偉大さに触れて頭を下げているようだった。それがサヨの「神さま」なのだ、と塚本は思った。

彼女の神さまは「隠れて見えない」という意味の「隠身《かみ》さま」だった。何でも目で見たり肌で触れることのできるものは、鳥や虫ならば、それは卵であったり、雛鳥や幼虫、あるいは成鳥や成虫のように、命の流れの「全体」ではなく、ごく一部にすぎない。その一部の背後には、表現の元となる全体があるが、それはいちどきに見たり触れたりすることができない。その隠れて見えないものを「神さま」とサヨは呼んでいるようだった。しかも、その神さまは重層的に存在する。つまり、一匹のカマキリが産卵後に死んだ場合、その親カマキリの「神さま」は、無数の卵の中に眠る子カマキリの「神さま」でもあるし、翌年、別の山の別の木から生まれる無数の子カマキリの「神さま」でもあるのだった。そういう意味では、その神を「種《しゅ》の神」と呼んでもいいようだったが、「カマキリの神さま」の背後には「虫の神さま」もいて、これら二つの神は、不思議な仕方で互いに密接につながっていた。虫の神が怒っているときにはカマキリも荒々しく、カマキリが衰えているときには、虫の神はそれを気にかけて、カマキリの餌となる虫をどこからか手配することに心を砕いたりする。

こういうサヨの自然観を、塚本は当初、子どもじみた想像の世界だと感じていたが、彼女とともに生活し、読み書きなどを教える一方で、彼女の心の中を理解しようと努めているうちに、そういう「すべてが一体」となった世界観の方が自然界の正しい見方である、と感じるようになった。事実、サヨの世界の中の「神」という語を「命のつながり」という言葉に置き換えてみると、それは現代の生物学や生態学が教える世界とさほど違わないと思われた。そんな時、塚本は、自分がサヨに教える以上に、彼女から学ぶことが多いと感じるのだった。

トンネルの向こうへもどる日は、着々と近づいていた。

予定日の二日前から、塚本はサヨにダイビングを教えることにした。とはいっても、自然児の彼女は、普通に泳いだり潜水することには何も問題がなく、息を継がずに水中に潜っていられる時間は、塚本より長いぐらいだった。だから、彼の仕事はウェットスーツや潜水用具の使い方の指導が主体となった。

決行日の前日に、打ち合わせ通りにダイバーが彼女用のエアタンクとスーツなどを届けに来た。それを彼女に着用させ、ひと通りのリハーサルを行えば準備はほぼ完了する。サヨは、自分用のウェットスーツを着ると、普通の中学生の女の子とどこも変わらなかった。いや「普通以上」と言うべきだった。完全な自然食のみで育った彼女の肢体は、贅肉がどこにもなく、シカのようにしなやかだったからだ。塚本には、その姿が眩しかった。一方、彼女自身は自分のウェットスーツ姿を水に映して、大いにはしゃいでいた。そして、塚本に自分を写真に撮ってくれと何度もせがんだ。塚本はその要求に応じながら、こういう純真な彼女と、この土地の自然とを一緒にカメラに収めるのもこれが最後かもしれない、と思った。だから、フィルムが終るまでシャッターを押し続けた。

そんな時、突然、塚本の携帯電話が鳴り、メールの到着を知らせた。長沼から翌日の決行を確認する内容のメールだった。その最後に、気になることが書いてあった。

「注意事項を一つ。産日新聞が動いている。私と県警キャップに探りを入れる電話があった。が、計画は変えない。明日会おう」

12

「ああそうですか。いや、ちょっと気になっていたもんで……」

産日新聞の金森達二はこう言ってから、受話器を置いた。その硬質な音が、静まり返った鶴岡市役所三階にある記者室の空気を震わせた。もう午後八時を過ぎていたから、部屋には彼しか残っていなかったし、隣の財政課にも企画調整課にも市職員の姿は見えなかった。

――やはり、何かがおかしい。

と彼は思った。斎藤は、自分と塚本を会わせまいとしている、と金森は感じた。

「斎藤」とは、山形合同新聞の県警キャップ――つまり、県内の警察情報を扱う記者たちのリーダーである斎藤隆浩のことだ。そのベテラン記者が、自分の部下に当たる塚本敬三の居場所を「知らない」と答えたのである。その数分前に、同じ斎藤は、塚本に会う理由を訊かれた金森が「借りていたものを返したいから」と言った時、「代わりに受け取って、彼に渡しましょうか？」と答えたのに、である。居場所がわからない人間に物を渡すことなどできない。だから金森は、

「例の記事の取材中ですか？」

と、核心に触れる質問をぶつけてみた。

するると斎藤は、「彼は出張中で鶴岡にはいません」と言ってから、「あの記事はずいぶん前のヒマネタですよ」と付け加えた。

「あの記事」とは、もちろん「森の奥から」という連載企画のことである。ヒマネタを書いた男が今は出張で忙しく、しかも出張先はわからない？——何となくつじつまの合わない話である。だから、金森はすぐ山形合同新聞の支局に電話を入れ、支局長の長沼に同じ質問をしてみた。裏を取るためである。

すると長沼は、

「塚本の記事のことは、今お話できませんよ。彼にも会えません。そういうことは同業者

同士、よくわかってるでしょう」

と、はっきり言った。

こう明言されて、金森はかえって安心した。これは、ライバル社の責任者である支局長が「記事の内容は事実である」と宣言したも同然だからだ。創作だったら、内容を秘匿したり記者を隠したりする必要はない。ひと言「あれは創作です」と言えばすむことだ。事実であるならば、今度は自分がすぐ動き出さねばならない、と金森は思った。

彼は記者室のクリーム色の壁を睨《にら》みながら、問題点を整理しようとした。

事実とは何か？　――山形県内に人の近づけない〝秘境〟があること。そこに、現代文明を知らない少女がいること。少女の生きざまにニュース価値があること。その少女を、他社がすでに相当取材し、記事も出てしまっていること。

これではもう完全な敗北だった。普通の記事だったら、とうの昔に上司の雷が落ちて、冷や汗をかきながら後追い取材をしているはずだった。が、今そうなっていないのはなぜか。それは、先を行く合同新聞が、事実を事実としてはっきり書いていないからだった。

そのせいで、自分を含めた多くの読者が、固有名詞の抜けたその記事を創作の一種と考えていたのだ。この点が、合同新聞の記事の強みであり、同時に弱点でもあった。「強み」なのは、記事の曖昧さがライバル社を引き離す手段となりえたからで、「弱点」は、リアリティーが欠けていることだ。だから自分はこの弱点を突いて早急に事実関係を解明し、合同新聞より先に4W1Hや固有名詞を明確にした現実味のある記事を書けば、少なくとも彼らと同列に並ぶことができる。そのための時間はまだある、と彼は思った。

金森は慌しく受話器を摑むと、朝日村署を呼び出した。秘境があるとしたら、この署の所管である朝日連峰しかないと思ったからだ。

「ああ、産日新聞の金森といいますが、次長さんはもう帰りましたか？」

警察署では、たいてい次長職が広報担当として新聞記者の相手をすることになっている。しかし、夜の八時を過ぎて署にまだ残っているかどうかは疑問だった。

「あ、御苦労さまです。次長はもう帰りましたが……」

と、少ししわがれた声の署員が電話口で答えた。きっと宿直の署員だ。

「そうですか。緊急に連絡をとりたいんですが、連絡先はわかりませんか？」

金森は、こんな聞き方で次長の自宅の電話番号が分かるとは思っていなかった。

「それはわかりませんね」

案の定、電話口の署員は少し警戒口調になって言った。

「まあ、そうでしょうね。じゃあ、あなたに聞きたいんですが、例の合同新聞の記事のことですが……」

金森はここで言葉を切って、相手の反応をうかがった。この署員があの記事に関心があれば、これだけの言葉でも何か話し出すと思ったからだ。そして宿直の署員が関心をもつなら、〝秘境〟の場所はここの管内である可能性が高い。

が、拍子抜けした答えが返ってきた。

「何の記事ですか?」

金森は答えた。

「日曜日に連載している『森の奥から』っていう記事です」

「それが何か?」

と署員は言った。金森はじれったくなってずばりと聞いた。

「あの記事に出ている場所は、おたくの管内でしょう?」

「…………」

相手が黙っているのは、知っていて言い澱《よど》んでいるのか、あるいは確信がないからか。

金森は質問の方向を変えてみた。

「合同新聞の塚本さんが、そっちへ取材に来たでしょう?」

「ああ、名前は知りませんが、ずいぶん前に合同の記者さんが次長と話してたね」

金森の心臓は高鳴った。自分の勘は正しいと思った。

「ああ、その件で次長さんに聞きたいことがあるんですよ」

「んだども、次長は帰りました」

と相手は言った。金森は、この署員とはここまでと思い、相手に礼を言って電話を切った。

朝日村署の次長は「佐竹竜蔵」といった。この名前を忘れていた金森は、それを思い出すために持参した鞄の底をかき回し、名刺の詰まった青い半透明のプラスチック・ケースを取り出した。最近もらった名刺は財布に入れて持ち歩いていたが、古い名刺は、一年分をまとめて保管している。このケースには、二年前に様々な人からもらった名刺がためてあった。その束を左手に持ち、上から一枚一枚大急ぎで繰った。彼が前橋から鶴岡に転勤してきた当初、担当区域の役場や警察署に挨拶回りをした際、朝日村署の次長とは一度だけ名刺を交換した憶えがあったからだ。

名刺を見つけ出した彼は、次に資料を並べてある棚のそばに腰を落ち着け、電話帳を引き出して調べ始めた。そこに佐竹竜蔵の名前が載っていれば、手がかりがつかめる。朝日村住民の電話番号は、ハローページの電話帳では「山形県鶴岡地域」と書いた緑表紙の分冊の中にある。この村は地理的には県内最大の面積を占めるが、住民の名前は電話帳で四ページ分しかない。村内のほとんどが山岳地帯だからだ。その中で「さ行」の名前は「佐藤」が圧倒的に多く百五十人ほどいたが、「佐竹」はたった一人だった。

◇

二日後の朝早く、金森は八久和ダムに向かって車を走らせていた。

前々夜、朝日村署の佐竹次長から電話で聞いた「郷太爺さん」を訪ねるつもりだった。

佐竹の話では、この爺さんが「ダムの水で隔離された集落」の話を知っているというのだが、佐竹自身は爺さんの本名を知らず、家の住所もわからないと言った。ただ「八久和ダムの堤の近くには、その家しかない」というから、現場へ行って爺さんから直接話を聞くほかはないのだった。佐竹は少し前に、この「隔離された集落」の話を合同新聞の塚本にもしたと言ったから、問題の「森の奥から」の記事の出所がこの爺さんであり、そこに登場する謎の少女が八久和ダムと関係していることは間違いない、と金森は思った。

八久和ダムは、赤川の源流のひとつである八久和川を堰き止めてできたもので、地図の上では、山形自動車道の「湯殿山インターチェンジ」のすぐ近くにある月山ダムから、上流に数キロしか離れていない。だから金森は最初、月山ダムの貯水池沿いに車を川上に向かって走らせた。しかし、山間に細長く続く貯水池が終ったところで、車の通れる道も終っていた。そこは渓流釣りのポイントになっているらしく、道路脇に四輪駆動車が数台停まっていて、すぐ近くの橋から見下ろすと、深い渓谷の岩場に釣り人の姿が点々と見えた。が、その先の道は、細い険しい登山道だった。八久和ダムへは、ここから車ではとても行けない。しかし、ダムを造るためには何台もの大型車が入ったはずだから、どこか別ルートがあるに違いなかった。金森が地図を注意して見直すと、赤川のもう一本の源流である大鳥川上流の荒沢ダムの手前から、八久和川方向に道路が延びており、それを使えばダムまで行けそうだった。

金森は車を方向転換し、八久和川から月山ダム、さらにその先の梵字川峡沿いに国道一一二号線を川下方向へもどった。そして、梵字川が大鳥川と合流する付近で左折し、県道三四九号線に入った。そこから十五キロほど先にある荒沢ダムまでは、大鳥川沿いに比較的平坦な道路が続いていた。それに比べ、荒沢ダムの手前から左手に折れて、八久和ダム方向へ続く道は、峠越えの急坂が続いた。舗装状態も悪く、所々に落石や冠水もあった。金森はブレーキを踏み、エンジンを吹かせ、体を揺らし、左右に忙しくハンドルを回しながら約一時間、緑の深い山道を走った。

八久和ダムの貯水湖は、両脇に千メートル級の山々が迫る渓谷の川を堰き止めたものだから、細長くて水深がある。全長約五キロの湖に三千万立方メートルの水を満々と湛えている。金森がその堤までたどり着いたとき、時計は午前八時半を過ぎていた。ダムは無人運転で人影はない。金森は周囲の緑を見回してみたが、およそ人家のようなものは何も見えない。そこで、堤をおりて川下側へ移動した。そこには一段低くなった物置用の広場ができていて、フキやシダ類が生い茂って行く手を阻んでいた。

金森は、一体どこを探せば人家に行き着けるのかと考えあぐねていた。再びダム堤へもどり、今度は川上側の静かな湖面を眺めてみた。

不思議な光景だった。耳の底をくすぐるような蟬時雨の中、一見、普通の湖が眼前に広がっていたが、湖畔近くに目を移すと、木々が湖面から直接突き出ている場所が何ヵ所もある。ダムの建設からすでに半世紀近くたっているのに、それらの木々は、つい最近水没したかのように生き生きと葉を繁らせているのだった。湖面はあくまでも静かで、水鳥の姿もない。

と、湖面から生え出したその木々の陰に、金森は何か動くものを認めた。最初それは水に浸かった家の屋根のように見えたが、周囲の木の大きさと比べると、屋根にしては小さい。また、屋根ならば動くはずがなかった。金森は、その四角い影の正体を突き止めようと、ダム堤の上を対岸方向へ歩いて行った。近づくにつれ、四角い影の上には、翼をたたんだ鳥のようなものが乗っているのが分かった。さらに近づいていくと、それは鳥ではなく、帽子を被り、筏の上でゆっくりと棹を操る人間の姿だった。

――あれが郷太爺さんか？

と彼は思った。

金森は、声がとどくと思われる距離まで近づいていくと、

「おーーい」

と叫んで、その人影に向かって手を振った。

帽子の人影は振り向いて、じっと彼の方を見た。

「おーーい」

金森は再び手を振ると、

「ゴウタじいさんですかぁー」

と叫んだ。

帽子の人影は、やや動揺した様子で後ろ向きの姿勢にもどり、それまでとは反対方向に筏を動かし始めた。

金森は、これが目的の人物であると確信し、堤の上を走って筏のあとを追いかけた。堤

が切れたところで道を右に曲がり、川上の方向へ急いだ。が、そこからは、木々の枝葉に遮られて筏は見えない。彼は足元を気にしながら道の縁へ寄り、体を左右に揺らしながら湖面が見えるかどうか確かめた。湖面は見えたが、筏の位置は確認できない。金森は小走りでさらに五十メートルほど先に行き、道の縁から下を見た。

やはり筏は見えなかったが、川下寄りの崖の途中に、幹に青い紐が巻いてあるブナの木を見つけた。何かの目印に違いなかった。

13

金森は吸い寄せられるように、そのブナの方向へ崖を降りていった。トレッキング・シューズを履いてきて良かったと思った。急斜面を降りる彼の両足首は、痛いほど曲がる。その関節部を外側から靴がしっかりと支えてくれていることが心強かった。彼は、斜面に降ろす足の角度に注意しながら、片腕で木の幹や枝をつかんで体を支え、反対側の手で、首から吊るしたカメラを守りながらブナの木を目指した。

直径三十センチほどのブナの幹に手をついた時、金森は足下が平坦であることに気がついた。そこは獣道のような狭い道の途中で、幹に結わえられた紐は、ちょうど頭上にあった。彼が、その道を伝って崖をさらに降りはじめると、木々の葉の間から見える眼下の湖面に、小さな船着場のようなものが見えた。そこまで降りるのに、時間はあまりかからなかった。しかし、期待していた郷太爺さんの姿は、どこにもない。湖面は静まり返って、筏さえ見えない。

金森は、湖に向かって大声で叫んだ。

「おーーい！」

その声は、周囲のセミの大合唱の中にすぐ吸い込まれた。

「お願いしまーす、郷太爺さーん！」

そう叫びながら、金森は自分が爺さんに何を頼みたいのか、とふと疑問に思った。朝日村署の佐竹次長の話では、爺さんはダムの水で周囲から隔離された集落の話を知っているというのだが、そこに少女がいることなど知らないかもしれない。知っているなら、とっくに助け出しているのではないか。もし助け出せない場所にいるなら、そこに人がいることが爺さんにどうして分かるのか。声が聞こえるというのか。姿が見えるというのか。手紙が来るというのか。いずれの場合でも、少女と連絡が取れるなら、ロープとか網とか木を使って、その子を救い出す術があるに違いない。それをしないうちに、合同新聞が少女のことを書き始めたのだろうか。しかし、どうやって？　合同新聞は少女から直接取材している。ということは、少女は今は記者と話ができる状態だから「隔離」などされていないのだ。もしかしたら、このダム湖の周辺——つまり爺さんの家に住んでいるかもしれない。とにかく、分からないことが多すぎる！

金森は「本当のことが知りたい」と強く思った。が、口から出た言葉は月並みだった。

「話を聞かせてくださーい！」

見えない相手に向かってこう叫びながら、金森は周囲を注意深く眺めた。船着場の木蔭には、筏用の棹が数本寝かされていた。きっと予備のものだ。筏を岸につなぐロープらしきものが、ヘビのようにトグロを巻いている。それに、古くなって色の褪せたプラスチック製のバケツ。その中に、表面をゴムで処理した軍手と小型の鉈《なた》のようなものが押し込んである。これは恐らく、爺さんがここに置いた。山では必要だが、水の上では使わない道具だ。それに、船着場の板の上は、数箇所に水がかかっていた。ついさっきまで人がそこにいたことが明らかに分かる。にもかかわらず、爺さんは呼んでも答えず、姿を見せない。

金森は、爺さんのこの不審な行動と、最初に声をかけた時のあの慌てた様子を思い起こしてみた。結論は明白だった。郷太爺さんは自分を避けている。

——しかし、なぜ？

佐竹次長が、自分の電話取材に快く応じてくれたのと比べると、この爺さんの警戒ぶりはどこか異常だった。山奥に独りで住んでいるのだから、人間嫌いである可能性は確かにある。しかし、声をかけられただけで、相手の用件も聞かずに逃げ出すという行動は、それ以上の不自然さを感じさせた。

——合同新聞が口止めしているな！

この直感は、船着場での無為の時間が流れるにつれ、確信となって金森をとらえた。

しかし驚くことはない、と彼は考えた。取材拒否は今回が初めてではない。前橋支局でサツ回りをしていた時も、取材相手から何度も逃げられた経験がある。しかしたいていの人間は、夜は自宅に帰って寝るから、自宅前で待っていればつかまえることができる。特にこんな山中では、ホテルや旅館に泊まることもできないから、爺さんの家さえ分かれば、話をする機会を作ることができるだろう。

金森は、碧《みどり》の湖面に最後の一瞥《べつ》を投げかけると、もと来た小道をたどって急坂を上っていった。

青い紐を巻いたブナの前を過ぎると、小道は二つに分かれた。一つは崖を下へ降り、もう一つは上へ登る。金森はためらわずに上の道へ進んだ。そして、しばらく行くとダム堤へつづく広い道に出た。そこから先が問題だった。眼前にひろがる鬱蒼とした緑の斜面から、郷太爺さんの家へ行く道を見つけ出さねばならない。

金森は、青い紐の見える位置まで道を後戻りしていった。しばらく行くと、すぐにその紐が目に入った。最初は木々の間に見え隠れしていたが、そのうちに何にも遮られずに見える位置に来た。彼はそこに立ち止まって周囲を見回し、人が下草や落葉を踏んだ跡や、木々の枝を払ったような痕跡がないかを探した。特別な形跡は何もなかった。というよりは、道の脇に茂る下草や、イバラ、キイチゴのような灌木は、〝秘密の通路〟の入口かと疑って見れば見るほど、それらしく思えてくるのだった。金森は、前橋時代に、ある刑事が酒を飲みながら語った言葉を思い出した。

「恨みが動機で殺されるような人は、犯人以外にもソイツを恨んでいる人はいっぱいいる。そんな人たちを犯人として疑いだすと、それこそみんな犯人に見えてくる。そういうときは、逆に犯人でありえない条件を考えて、そんな条件を容疑者の周辺から発見するほうが有効だ」

つまり、心が勝手に犯人を作り出すのと同じように、今、自分は勝手に〝道の入口〟をいくつも見ているのだった。

——道でありえない条件とは……。

と金森は考えた。

老人は、自分の体力の負担となるような急坂に、道をわざわざつくるまい、と彼は思った。また、上り下りの邪魔になる木や枝を、わざと道に残してはおくまい。また、船着場への道があったのだから、爺さんの家への道もあるに違いない。とすると、今自分が目にしているような、草木が生い茂る崖を登る道ではなく、もっと平坦な場所に、爺さんの家へ行けるルートがある――そう考えた金森は、周囲に注意しながらダム堤の方向へ歩き始めた。山の傾斜は、そちらの方がなだらかになっているからだった。

道は狭まりながら、ダム堤の先まで続いていた。さらに進んでいくと、右手に登り坂が見えた。そして、その上方の、木々の緑の合間にチラチラとくすんだ橙色が見えた。注意してみると、それは人家の屋根ではないか。金森は口元をゆるめ、坂道を上る歩幅を広げた。

郷太爺さんの家は、拍子抜けするほど当たり前の日本家屋だった。木造の平屋で古い板壁が多少黒ずんでいる以外は、どんな地方都市の道路脇に立っていても見過ごしてしまいそうな特徴のない家だった。金森は、その当たり前さに驚いた自分が、「秘境にある野人の家」という特殊なイメージを頭の中に作り上げていたことに気がついて、少しおかしくなった。ただ、強いてその家に特徴があるとすれば、居間と思われる部屋から庭方向へ張り出した縁側が、普通の家の縁側よりも多少幅広である点だろうか……。

金森は、その縁側の隅に腰を降ろして一息入れることにした。そこから崖下に目を向けると、小道を上ってくる人の姿がよく見えるから、昼時に帰ってくる爺さんをそこでつかまえるつもりだった。

――もし爺さんが帰って来なかったら？

そういう心配がまったくないわけではなかったが、金森は自分の勘に賭けようと思った。もし爺さんが弁当持参で仕事に出ていたのであれば、帰宅は遅くなる可能性がある。が、それでも夕方には必ず帰ってくるだろう。それとも、合同新聞との約束で秘境の少女を守るために、自宅にも帰らずに身を隠すだろうか？　金森は、爺さんがそうまでして合同新聞に義理立てするとは思えなかった。

大体、「秘境の少女を守る」という発想自体が、彼には胡散《うさん》臭かった。そんな目的のために、他人が自分の生活を犠牲にするだろうか？　いったい「何」から彼女を守るのか？　彼女は本当に「守る」べきものを持っているのか？　もし本当に〝未開〟の少女がいるならば、それは進歩から取り残された不幸な犠牲者なのだから、原始生活から早く救い出し、社会復帰をさせるのが大人の務めではないか、と金森は感じていた。

合同新聞は結局、自分たちの他社への優位を引き延ばすために、ニュースソースを独占しようとしているのだ、と彼は思った。合同新聞が記事で訴えようとしていることは理解できたが、それは、「失われた時代」の人間の生き方を懐かしむだけの、一種の回顧趣味だ、と彼は思っていた。あの塚本の連載記事だけでなく、昨今の新聞・雑誌の評論や論説の中には「自然と人間の一体感」とか「自然に包まれた人間の幸福」などという言葉が頻繁に出てくる。しかしそういう考え方は、人間と自然とを何か対立物としてとらえているから、間違っていると思った。人間は「進化」という自然本来の営みの中から生まれた生物だから、自然から分離しているはずがない。人間は、自然から離れていようがいまいが、すでに自然の一部なのだ。もし人間が、母体である自然の一部を破壊し、それを自分の都合に合わせて改造したり、調教したりするならば、そういう行為自体も自然の営みの一部であるはずだった。そういう人間の〝反自然的〟な行動によって、もし自然そのものが崩壊してしまうならば、それは自然の自己破壊だから、少なくとも「仕方がない」ことだ。いや、そういう種類の破壊は、もしかしたら「望ましい」かもしれない、と金森は思う。

なぜなら自然界では、破壊は創造と同じくらい当たり前だからだ。台風やハリケーン、隕石の落下、火山の爆発、気候変動は皆、破壊を伴う。それどころか、破壊は自然の本質的特徴とも言えるだろう。植物は動物に破壊されることを前提とし、動物は天敵に捕食されることを前提として生きている。生物の生き方の中では、破壊と創造は対立しない。植物は葉や蜜や実を提供することで動物による破壊を利用し、自分の将来を創造する。鳥や虫に子孫の拡大をさせるのだ。動物は、捕食者の食欲を上回る卵や子を産み出す一方、捕食者の目をあざむき、捕食者より速く、高く、深く生息地を動くことで、自らの個性を見事に創造する。こういう破壊と創造との一大協働行動《アンサンブル》が、豊かで、多様で、活力あふれた自然界を構成しているのだ。

そう考えると、産業革命以来、人類が延々と行ってきた〝自然破壊〟は、本当の意味での破壊ではなく、むしろ自然が再生するための自己更新を、人間の力を使って行っている――そういう見方ができるのだった。人類の文明の発展とともに、生物の多様さは確かに失われているかもしれないが、それとて爬虫類に属する恐竜が地上を覆っていた過去の一時期、哺乳類が捕食され繁栄を阻まれていた例に似ている。生物多様性は一時衰えたが、その後の恐竜の絶滅によって再び回復し、恐竜より優れた哺乳類、そして人類が現れた。

それと同様に、人類相互の殺し合いや、地球環境の急変によって、人類を含む多数の生物が死滅する中から、次の時代のより優れた生物が進化し、生物多様性はまた回復するに違いない。

こういう考え方は、人間にとって受け入れにくいかもしれない。しかし、自然がかつて人間の容認できることだけをしただろうか？　火山の爆発や大地震、疫病の流行は、自然の活動の一部ではなかったか。ハリケーンや台風や巨大竜巻、エルニーニョ現象は、当たり前の自然現象ではないのか。エボラ・ウイルスやエイズ・ウイルス、ＳＡＲＳやＢＳＥなどは、自然が生み出したものではなかったか。これを〝破壊〟と感じるのは、あくまでも人間の見方である。しかし、自然界ではこういう現象を通じて古い秩序が崩れ、新しい「創造」が行われるのだ。こういう大変動を通して進化の方向が大きく変わるため、別の生物種の繁栄が可能となり、生態系は新たな局面へと進展する。それは人間にとっては「悪い」ことかもしれないが、生命全体にとって、また自然にとって本当は「善い」ことではないだろうか。大体、これだけ多種多様で美しく優れた生物を生み出してきた自然界が、人間以上に優れたものを生み出せないと考えることこそ、不自然ではないだろうか。

自然界の背後にもし神がいるのならば、それこそ神への冒瀆と言えないだろうか——。
そんなことを考えながら、金森は知らぬ間にうたた寝をしていた。

14

産日新聞の金森達二が、八久和ダムの貯水湖で郷太爺さんを見つけたことは、山形合同新聞にとっては「不運」としか言いようがなかった。なぜなら、まさにこの日がサヨを連れ出す〝決行の日〟だったからだ。

ちょうどその時、郷太爺さんは合同新聞の長沼支局長を筏に乗せる準備をしていたのだった。長沼はすでに崖下の船着場にいて爺さんを待っていた。そこへ棹を大急ぎで操りながら、爺さんが筏でもどってきて、手招きしながら早く筏に乗れという。長沼が乗ると同時に筏は岸を離れ、二十メートルほど川上に突き出た大きな岩陰へスルリと入った。そこに身を潜めているとき、長沼と爺さんは「おーい」と呼ぶ金森の声を聞いたのだ。郷太爺さんの機転をきかせた行動がなければ、長沼は金森と船着場で鉢合わせしていて、その結果、合同新聞はサヨを連れ出す現場を他社の記者に目撃されるという大失策を犯すところだった。

が、金森はまだ現場近く――つまり、郷太爺さんの家の縁側にいた。そしてまもなく、塚本がサヨを連れてこの貯水湖面に浮上してくる。彼らに連絡して決行を遅らせることは、もう時間的に余裕がなかった。

◇

一方、この日の塚本敬三は、まだ暗いうちから目を醒ましていた。

板の上に藁を敷いただけの硬い床の上だったが、一週間もそこで寝起きしていたから、当初の腰の痛さもなくなった。人間の体は、こういう硬さにも慣れてくるのだ。この寝心地は、地面に薄いシートを敷いてテントで寝るときの感じとも似ているが、床板の硬さにはもっと何か温かいものがある、と塚本は思った。すると、鶴岡にある自分のアパートの畳の部屋のことが思い出され、こんな感覚を味わうのも今日が最後かという感慨が、彼の脳裏を過《よ》ぎった。

塚本がさっきから考えていたのは、自然に密着したこういう生活の価値についてだった。屋根の上から聞こえてくる鳥たちの声と、寒気さえ感じる森の朝の冷涼な空気と、自分の体を支えるこの硬質な感覚の組み合わせが、本当に「守るべき価値」かと考えていた。こういう感覚は、山でキャンプをすれば現代人もきっとすぐ手に入れることができる。しかし、毎日それが繰り返されるということが、それほど価値あることなのだろうか。そのことと、柔らかい布団やコーヒーの香り、好きな音楽、すぐに食べられるコンビニ弁当のある生活を比較すれば、自分はやはり後者の文明生活を選ぶだろう、と彼は思った。それはなぜか？　記者としての生活があるからだ。これは、現代を生きるために自分が選んだ職業で、このためには火を起こしたり、薪を作ったり、野菜を育てたり、魚を捕るというような仕事は省略しなければならない。こういう〝自然に近い仕事〟は、それぞれの専門家が行うように分業化されているのが現代社会だ。そしてこの社会を前提として、今の自分の仕事がある。つまり、自分の仕事は〝自然から離れる〟ことで成立しているのだ。

——しかし、サヨはどうなるのか？

と、塚本は自分の横で静かに呼吸しているサヨのことを思った。

彼女はすでに中学生の年齢に達しているのに、読み書きも自由にできない。この学力のハンディを背負って現代を生き抜くことが彼女の幸福なのか？　彼女には特殊事情があるから、国や県もある程度支援はしてくれるだろう。が、それだけで彼女が現代をたくましく生きていけるわけでもあるまい。出発の時点ですでに大幅に出遅れている人は、現代の競争社会で成功することはほとんど不可能だ。サヨの場合、社会的に成功する必要はなくても、人並みに幸福に生きる道がなければ、この山奥から現代社会に移る意味はない。では、彼女にとって「人並みの幸福」とは……？

塚本は、マスメディアで働く人間の立場から考えたとき、サヨにとっての「成功」が何であるのかは、よく分かっていた。それは率先して記者会見に臨み、テレビや雑誌のインタビューを受け、手記を出版して経済的に豊かになることである。これに加えて、自然保護団体や環境団体の要請で講演をしたり、環境問題のイメージ・キャラクターとなって活動し、さらにはコマーシャル出演などができれば申し分ない。しかし、こういう社会的・経済的成功が、彼女の〝自然人〟としてのこれまでの人生と整合するとはとても思えなかった。整合しない道を無理に進むことは、彼女の不幸である。でも一体、それ以外に彼女に何ができるのだろう……。

「ケイゾーさん、起ぎっだが？」

サヨの太い声に、塚本はハッとして振り向いた。半身を起こした彼女と目が合った。

「ああ、お早う……」

少し戸惑いながら、塚本は彼女に笑いかけた。

「おれ、山の向こうの人さ会った」

と、サヨは目を輝かせて言った。

「夢どご見だなだが？」（夢でも見たか？）

と塚本が言うと、彼女はうなずいた。

「夢で見だごどだば、なっても起ごる」（夢で見たことはきっと起こる）とサヨは言い、続いて「向ごうの人だば手がいっぺ（いっぱい）あって、耳だば大っきけぇ」と言ってクスッと笑った。

「夢だばでたらめださげの」（夢はでたらめだからな）

と塚本は言った。

「デ・タ・ラ・メ……？」

とサヨは首を傾げた。

「本当でねぇという意味だ」

と塚本は説明した。

「んだでも、本当で起《お》っこどが前に分がっごどだてあっぜー」（でも、本当に起こることが前に分かることもある）

とサヨは真面目な顔で言った。

塚本は、こういう彼女の抗議じみた言い方に敏感になっていた。それは、現代人としての自分の常識のすき間を突く、別の視点を示していることがあるからだ。サヨは今、予知夢のことを話している、と彼は理解した。それはまた、彼女が心に抱く〝山の向こうの人〟――つまり現代人のイメージを表しているに違いない。塚本は、その内容をもっと知りたいと思い、床の上に起き上がり、サヨの方に向き直って座った。

「向こうの人だば、何しったけ？」

と彼は訊いた。

「手さ電話もたがえっだけし（電話もったり）、カメラもたがえっだけし、ペンもたがえっだけし、いろんだ人ど話したり、電話したり、書いだり、写真とったりしったけー」

サヨはこう言いながら、両腕を肩の高さに挙げ、掌を塚本の目の前でひらひらさせた。

「それでサヨはどう感じたなや？」

と塚本は訊いた。

「おれだば、見ででおかしぐで……」

と、彼女はいかにも面白そうに表情を崩した。

「んだが。んだば（そんな）人たちど会ても大丈夫だの？」

と塚本は言った。

「んだ、大丈夫だ」

とサヨは丸い目を見開いて言った。彼女の心はもう〝山の向こう〟へ飛んでいるようだ。

塚本は、サヨが見た夢は記者会見の場のような気がしてならなかった。そういう中にいても、彼女が物怖じせずに対応できるのであれば、自分が心配しているほど問題は深刻でないかもしれない、とふと思った。とにかく、今日はやることが山ほどある。

「んだば、起ぎで仕度すっぞ」

と言って、彼は立ち上がった。

山の向こうへの脱出は「午前九時」という打ち合わせになっていた。朝の間に動く方が、夜型人間の多いマスメディアの目に触れにくいという計算があっただけでなく、何か予想外のことが起こったとしても、明るいうちの方が対処しやすいと考えたからだ。塚本はサヨに「仕度」と言ったが、大方の準備はすでに前日にすませてあったから、あとは食事をしてウェットスーツに着替える程度のことだった。食事は、畑でとれたカボチャと雑穀、池で獲れる魚や貝類だ。池での獲物は慣れているサヨが担当し、作物の収穫と火起こしと料理を塚本が担当した。これはキャンプ用品を持ち込んでいたから問題はなかった。

外へ出て行ったサヨは、半時間ほどして中型のニジマス一尾とタニシ、カラスガイなどの貝類を籠に入れてもどって来た。

「大漁でねがや！」

と塚本が大声をあげると、彼女は、

「山の神さまのお祝いだの」

と満面に喜びを見せた。

朝食の前に、サヨは家の裏手にある父母の墓の前まで行って収穫物を捧げ、深々と額ずいた。塚本も彼女の後ろに膝をつき、神妙な気持になって手を合わせた。

「これからのサヨの人生をぜひお護りください。困難な目に遭っても、くじけない意志をお与えください」——こんな言葉が、普段祈ったことのない自分の心の底に、熱く、澱みなく流れるのを知り、彼自身驚いていた。

それから二人は、土間の囲炉裏の前で野良犬のように食べた。保存用に取ってあったアンズやサルナシなどの乾燥果実、干しイモも出してきて大いに食べた。もう残しておく必要がなかったからだ。

出発の三十分前に、塚本の携帯電話が鳴った。長沼支局長から「こちらの準備はできている」という連絡だった。あとは決行するだけだった。

今回の水中トンネル通過は、塚本が行った過去三回のものと少し様子が違った。それは「サヨを連れる」というだけでなく、潜る深さが数メートル深かった。過去の潜水は八久和ダムの放流に合わせて行われたが、今回は放流のない時間に行われるからだ。放流によって貯水湖の水位が下がると、サヨの家の前の池も水位を下げる。その時、水中トンネルの入口では渦巻きが起こって、木の葉や小枝をはじめ水面に浮いている色々な物がサヨの側から貯水湖の方へと吸い込まれていく。この水流を利用して、塚本は写真のフィルムや原稿を送ってきた。また、貯水湖からサヨの側へトンネルをくぐる場合も、ダムの放流で水位が下がり、トンネルの上部が見える時を選んだ。その方が潜る位置が視認でき、また潜水が楽だったからだ。

しかし、脱出行は、ダムの放流に時間を合わせる余裕などない。人目につかずにサヨを確保することが至上命令であるから、水深があるままの池に潜ってトンネルをくぐり抜けるほかはない。数メートルの水圧の差は大した障害にはならないだろうが、水深がある時のトンネル付近の水流と、水温が不確定要素だった。

予想していたことだったが、朝の池の水温はひんやり冷たかった。サヨと二人で準備運動をして体を温めてから入水したが、ウェットスーツの外側から、冷水が塚本の体をすっぽり包むのが分かった。サヨは興奮して足ヒレをバシャバシャと水面で動かし、白い飛沫を盛大に周囲に撒き散らしながら大声ではしゃいでいた。塚本は、そんな彼女を横目で見ながら、少し深いところまで潜ってみた。池の深部の水温が気になったからだ。トンネルの見えるところまで潜行してみたが、特に冷水域を感じることはなかった。「この分だと問題なく山の向こうへ抜けられる」と彼は思った。

二人は一度池から上がり、エアタンクを背負い、錘《おもり》の調整を念入りに行い、ヘッドランプを頭につけて再び水に入った。荷物用のプラスチック・ケースが浮いてこないための工夫に少し時間がかかったので、予定の時刻より十分ほど遅れて潜水を開始した。塚本が、荷物用ケースの綱を引いて先を行き、そのケースを押すような恰好でサヨがそれに従った。

トンネルに入ってから数分たって、塚本は冷たい水を全身に感じた。やはり冷水域があった。彼はサヨの方を振り向いて、進行速度を増すように合図した。彼女は頭を縦に振って了解したようだ。両脚に力を入れて水を蹴りながら、塚本は自分が本当に前進しているのかふと不安になった。冷たい水は前方から流れて来るように感じられるが、漆黒のトンネル内では自分の進み具合を確認することができない。前方にぼんやり見えるトンネル出口の光は、なかなか近づいて来ないのだ。塚本はトンネルの壁際へ寄り、壁にヘッドランプの光を当てながら泳いだ。そうすると、自分が進んでいることが確認できた。

トンネルの出口近くまで来て、塚本は息を呑んだ。

上方から金色の光が差し込んでいて、周囲の水をエメラルド色に照らし出していた。その光の中で魚たちが群れ泳ぎ、銀鱗《ぎんりん》をきらめかせている。その輝きが、背後に黒々と林立する水没した樹木の影に鮮やかに映える。

塚本がサヨの方を振り向くと、彼女も目を丸くしてその光景を見つめていた。そして、彼が自分の方を見ているのに気がつくと、サヨは口を動かした。何か感動を口に出したのだろうが、水の中ではもちろん聞こえない。シュノーケルをくわえた彼女の口からは、大小の夥《おびただ》しい数の気泡が吐き出されて水中を上昇して行った。

気がつくと、彼女の様子がおかしい。水中眼鏡の中の表情が苦しそうだ。塚本は急いでサヨのそばへ行き顔を覗き込む。どうやら鼻に水が入ったようだ。塚本は彼女の体を右腕で抱えると、上方の光の輪を目がけて全力で両脚を蹴りつづけた。

15

塚本とサヨが浮上した湖面は、金粉を撒いたように朝日を反射して光っていた。その光の一部が突然泡立ち、続いて波が起こったかと思うと、人の黒い頭が二つ現れるのを見て、近くの木の枝にとまっていた白サギが羽音を残して飛び立った。

湖面に出た塚本がすぐ、サヨの頭から水中眼鏡とシュノーケルを外して自由にさせてやると、彼女は激しく咳き込んで口と鼻から水を出した。しかし、その咳する声が半分笑っているのを知って、塚本は安堵した。そして周囲を見回す。が、待っているはずの筏の姿は付近に見えなかった。それは、何か予定外のことが起こったことを示していた。

塚本は、珍しげにあたりを見回すサヨを促して崖下に身を寄せた。彼は、郷太爺さんの使う小さな船着場の位置を知っていたから、崖伝いにその方向へ荷物を曳きながら泳いだ。サヨはその荷物を押して従ったが、目は周りの風景を捉えようと盛んに動いていた。

「大っき池だの！」

彼女は、内心の驚きを思わず声に出した。塚本は振り返って、指を一本立てた手を口の前につけた。サヨの気持はよく分かるが、ここでの行動は慎重にも慎重を期すべきだった。事情を少し知らされていた彼女は、すぐ黙った。

しばらく行くと、岩陰から筏が急に姿を現わした。郷太爺さんが棹を握って立ち、中腰の姿勢の長沼がその脇で腕を組んでいた。

「おーい」

と塚本が呼びかけるのと、筏の二人が振り向くのはほぼ同時だった。

「やあ、こっちだ。待たせてすまない」

と、長沼が手招きして言う。塚本は、サヨに頭と目で合図すると、筏の方へ向かった。

郷太爺さんが操る筏の上で、塚本は長沼から他社の記者が付近にいるかもしれないと聞いて、緊張した。これまでの経緯から考えて、それは産日新聞の金森達二に違いなかった。

「産日に見つからないように崖の陰に隠れていたから、約束の時間に間に合わなかった」

と、長沼は言い訳を言った。

「しかし、産日の居場所が確認できないと、安心して動けませんね」

と塚本は言った。

「我々の車が見つかってないといいんだが……」

と、長沼は心配そうな表情で崖の上の方を見た。

「どこに置いてあるんです?」

「崖の降り口から、少し奥へ行ったところだ」

と長沼は答えた。

「今もそこで張り込んでるかもしれませんね」

「可能性はある」

「彼女の写真を撮られたらマズイですね」

「そうだ。先に一人だけで偵察に行ったほうがいい」

長沼がこう言うと、塚本は筏につないでいたプラスチック・ケースの紐を手繰り寄せはじめた。

「どうするんだ?」

と長沼が言った。

「靴だけ履いてから、ぼくが行きます」

と塚本は言った。

「そんな恰好じゃ目立ちすぎるぞ」

「陽動作戦です。産日がいたら、ぼくが道の奥の方へ、つまりここことは反対方向に誘いますから、この子を連れて爺さんの家へ隠れてください」

と塚本は言って、サヨの方を指差した。彼女は黒い目を見開いてきょとんとしている。

「しかし、相手は車に乗っているかもしれない」

と長沼は言った。

「その場合も同じです。とにかく、産日とサヨを会わせないようにしなければ……。産日がぼくの写真を撮ったとしても、それだけでは記事になりませんから」

「よし分かった」と長沼は言ってから、少し考えて「じゃあ、産日が車の近くにいなかったら？」と訊いた。

「既定の作戦でいいじゃないですか」

と塚本は言った。

「でも、相手はどこかに潜んでいる可能性がある」

と長沼は言った。

「そして車で追ってくるか……」

塚本はそう言いながら、サヨの方を見た。生まれて初めて自動車に乗る彼女は、カーチェイスなどしたらとんでもない恐怖を体験することになる。そんなことは絶対避けねばならない。

四人を載せた筏は、郷太爺さんの船着場に近づいていた。もう考えている余裕はなくなっていた。

「支局長、こうしましょう」と塚本は言って一息つき、それから一気に続けた。

「産日が我々の車のそばにいなかったら、ぼくがカラスの声で鳴きます。それが青信号ですから、彼女を連れて崖を上ってきてください。ぼくは車で崖の上まで来ます。車にいったん乗ってしまえば、途中で産日に出会っても大丈夫です。普通にしてればいいんです。こっちも向こうも車で、こっちは二人、向こうは一人。それに運転しなけりゃなりませんから、走る車から他の車を覗き込む余裕などありません。それでも覗き込もうとしたら、彼女を隠せばいいんです。そして逃げたりせずに普通に走る。向こうは彼女が一緒にいることなど知らないんですから、怪しまなければ延々と尾行することはないと思います」

塚本の説明は筋が通って聞こえたから、長沼は大きくうなずいて、

「よし、それで行こう」

と言った。

筏が、船着場の丸太に当たって鈍い音を立てた。塚本は、サヨに手短に段取りを説明すると、長沼から車の鍵を受け取り、崖の上を目指して細い道を登っていった。サヨは、何か面白そうなことが起こると思っているのか、目を輝かせて塚本の後姿を見、長沼の顔を振り返り、そして郷太爺さんに笑いかけた。

◇

その時、金森達二は、車の走る音を聞いたと思ってうたた寝から目を覚ました。重い車体の載っているタイヤが砂利道をゆっくり進む音は、林の中を風が行く音とよく似ている。違う点は、時々タイヤが砂利をはじくパチパチという音が、風のような音に混じって聞こえるかどうかだった。そのパチパチが聞こえた、と金森は思ったのだ。

彼は、郷太爺さんの家の縁側から立ち上がって耳をそばだてた。確かに車のエンジンのような音もする。車が道を行くことに何も不思議はないが、ここは無人ダムの脇にある孤独な老人の家だ。郷太爺さんが車を運転するとは聞いていないし、近くに車庫のようなものもなかった。金森は、音の正体を確かめようと思い、崖下へ行く小道を降りはじめた。

金森が、眼下に砂利道の見える位置まで出たのと、木々の葉の緑のカーテンの向こうを、白い車がゆっくりと通り過ぎていったのは、ほぼ同時だった。

——白い車！

鶴岡の合同新聞支局の前で、塚本が降りてきた車は白い乗用車だった。金森は妙な胸騒ぎを覚え、崖の小道を滑り落ちるように駆け下りて、砂利道に立った。車体を細かく揺らしながら、白い乗用車がダム堤の方へ走っていく。車内には人の頭が三つ見えたような気がした。彼は、首から吊り下げてあったデジタルカメラを構えると、電源を入れ、レンズを最大限にズームアップしてシャッターを押した。ナンバー・プレートの文字は視認できなかったが、写真を撮っておけば後からの分析に役立つ可能性はあると思った。

金森は迷った。当初の計画通りに郷太爺さんの帰宅を待ち続けるか、今の持ち場を離れて白い車を追うべきか。彼は後ろを振り返り人影が見えないことを確かめると、小走りで白い車のあとを追いはじめた。自分の中の動物的な勘が、それを命じていた。はっきり説明はできないが、何か奇妙な不自然さがその白い車の走る姿から感じられたのだ。ダムを管理する電力会社か、その関係者の車であることは十分考えられた。それならそれでいい。確認した後、郷太爺さんの家にもどればいい。爺さんが車に乗っていなければ、家へ行けばつかまるはずだからだ。が、万が一、爺さんがあの車に乗っていたら……？

それがどういう意味なのかを、金森は走りながら考えた。

――郷太爺さんは自分を避けて姿を隠したうえ、自動車に乗って自分の家から遠ざかっている。その車は、合同新聞の記者が運転する車と同じ色で、しかも乗用車だ。

金森は、それがワゴン車や軽トラックでないことに引っかかっていた。ダム関係者が機材の点検や作業を行う場合は、乗用車で来るよりも、そういう作業車を使う場合が多いと思ったからだ。もちろん、その車を強引に停めるつもりはない。が、中にどんな風体の人間が乗っているかを、ぜひ知りたいと思った。ダム堤の上に停めた自分の車で追えば、その程度の確認はできる。

前を行く白い乗用車は、ダム堤のはずれまで行って左へ曲がると、スピードを少し上げて山道を遠ざかっていく。金森は、自分の車の所まで走ると、サウナ風呂のような車内に転がり込み、エンジンをかけ、エアコンを全開にして車を発進させた。大粒の汗が額と頬を伝っていくのが分かった。

塚本とサヨを乗せてハンドルを握っていた長沼は、砂利道から左折してダム堤を通る道へ入ったとき、ダムへ来た時にはなかった乗用車が道の右端に駐車しているのに気づいた。

「おい、車がいるぞ。産日かもしれない」

助手席で濡れた髪を拭いていた塚本が、体を前屈みにして前方の車を見つめながら、

「中に誰もいないようですね……」

と言った。そして後部座席のサヨを振り返り、

「体を下に伏せて！」

と強い調子で言った。

サヨは、前もって打ち合わせていた通り、座席に横に寝転がって頭の上からバスタオルを被った。

「普通に通り過ぎるからな」

と言いながら、長沼はそのまま車を進め、塚本は伸び上がって横目で停車中の車の中を確認しようとした。

「おい、後ろだ！」

と、そのとき長沼がバックミラーを見て言った。

塚本が振り返ると、肩掛け鞄を揺らしながら男が一人走ってくるのが見えた。知っている顔だ。

「産日の金森さんです」

と塚本は言った。

「まずいな。車で追ってくるかな」

長沼は、顔をしかめて言った。

「支局長、普通に走りましょう。サヨがこわがりますから」

と塚本は言った。

「しかし……」と言ったまま、長沼は次の言葉が出なかった。彼は、なぜ産日が自分たちを追ってくるのか考えていた。自分たちは顔を見られたのだろうか？　あるいは産日は、この車が新聞社のものだと知っているのだろうか？　それとも別の理由か？

「ぼくらがサヨを連れているところを、産日は見たんでしょうか？」

と塚本が言った。彼も同じことを考えていた。

「可能性はあるな……」と長沼は言った。そして「彼女を見たなら、写真を撮るのが目的だろう」と続けた。

「サヨがいるのを知らない可能性もありますよ」

と塚本は言った。

「その場合は、ある程度追いかけたら諦めるだろう」

と長沼は言った。

「ついて来るのは、何かを知りたいんでしょう」

と塚本は言い、後ろのサヨの様子を見た。

彼女は、うつ伏せの姿勢で頭からタオルをかぶり、頭を起こして窓から外を見ていた。

車は悪路を左右に曲がりながら走っていたから、彼女はドアと前席の背もたれに両手を突っ張って体を支えている。

「サヨ、がまんすんなだぞ。頭引っ込めらいったげ引っ込めで」

と塚本は言った。

「誰が追っかげでくんなだが?」

とサヨは彼の方を見て言った。

「別の新聞社の人だど思う。おめの写真を撮るつもりだ」

と塚本は言った。その時、

「産日の車が来たぞ」

と長沼が言った。

塚本が見ると、シルバーメタリックのセダンが、結構な速度で近づいてくる。この分ではすぐに追いつかれる、と彼は思った。

「タオルを窓から垂らして車内を隠しましょうか?」

と塚本は言った。

「だめだ。車内の我々の動きはもう後ろから見える。怪しまれたら、しつこく追ってくるぞ」

と長沼は言った。

「でもこのままでは、信号で停止している時に車内を撮られます!」

「バスタオルをきちんと掛けていれば、撮っても写らない。写らなきゃ記事にはならない。落ち着け!　産日は彼女がここにいるのを知らない可能性が大きいんだ。窓を隠したりすれば、ここに誰かがいると告白するようなもんだ」

長沼の論理の方が筋が通っていると思い、塚本は黙った。長沼は続けた。

「後ろから見れば、この車に人が二人乗っていることはもう分かってるはずだ。しかし、三人目がいることを知られちゃいけない。できたら君も顔を見られない方がいい。あの記事の記者だからね。おれ一人だったら、車でどこにいようが何とでも言い訳はたつ」

「後ろを向くなということですね？」

と塚本は確認した。

「そうだ」

長沼は塚本の方を見て、白い歯を見せた。塚本はそれを見て、やはり経験と年の功には勝てない、と思った。自分が提案した方針を支局長は堅持している。それなのに、自分は明らかに狼狽していたからだ。

16

金森達二は、前を行く白い車に注目しながら、ハンドルを左右に忙しく回して山道を走っていた。彼は、合同新聞の車のナンバーを覚えておかなかったことを後悔していた。それさえ覚えていれば、前方の車が追うべき車かどうかすぐ分かったからだ。しかし今は、確信がないまま追っていた。

その車は、遠くから見たときには三人乗っていたように見えたが、こうして近くから見ると、中には二人しかいないようだった。特に急いで走っている様子ではない。彼は、助手席にいるのが郷太爺さんかどうかを確認したかった。そのためには、ヘッドライトで合図して追い越しをかけ、その途中で確認する方法があった。が、山道は狭く、前方からいつ車が来ないとも限らないので危険だ。いちばん確実なのは、山道を過ぎて片道二車線の舗装道路に出てから、相手の車の左につけて確認する方法だった。信号待ちで左に並べば、視認できるだけでなく写真だって撮れるだろう。ただしこの方法の問題は、その県道へ出るまでの間、小一時間も前の車についてノロノロと走らねばならないことだ。もし助手席の男が郷太爺さんでなかったならば、こんな大事なときに、こんな無駄な時間の使い方はない、と金森は思った。

――時間の節約のためには、別のテを使ってみるか……。

と彼は、その時思いついた方法を頭の中で素早く反芻《はんすう》してみた。

それは、クラクションを鳴らして前方の車の注意を引き、あわよくばその車に停まってもらい運転手と話をするという方法だった。何の用事かと訊かれたら、「道がよく分からない」と言えばいい。相手が停まってくれさえすれば、その車まで歩いて行き、助手席にいるのがどんな人間かをはっきり目で確かめることができる。しかも、それが老人であるならば、「郷太爺さん」かどうかを直接本人に確認できる。金森はそう考えると、ハンドルを握っていた片手を滑らせてクラクションのボタンの上に置いた。

金森の前方を行く車の中で、塚本敬三はその時、後方の車がクラクションを軽く二回鳴らす音を聞いた。

「産日が何か合図してるぞ！」

と、運転席の長沼が真っ直ぐ前を見ながら言った。

「何をするつもりでしょう？」

と、塚本は胸の内の不安をそのまま告げた。

後方から、またクラクションの音が今度は三回鳴った。三回目の音は、何かを催促するように尾を引いている。

「我々が何者かを確認するためかもしれんぞ」

と長沼は警戒するように言った。

「だったら、無視すべきでしょうね」

と、塚本は後ろを振り向きたい気持を抑えながら言った。

「そうかもしれん。普通は後ろから何回も鳴らされたら、助手席の人間は振り返るだろう。それで君の顔を確認しようというわけだ」

長沼は、車の速度を変えずに走った。

「ということは、産日は我々が誰か知らずに追っているということですね」

塚本がこう言うのとほぼ同時に、今度は三回のクラクションが二度続いた。

「後ろで手を振ってるぞ」

と、長沼はバックミラーを見ながら言った。そして、「困ったな」と付け加えた。

塚本にも長沼の気持はよく分かった。

産日の金森は、なかなか高度な調査法を使っている。普通の人間だったら、後ろから来た車にクラクションを鳴らされ、手まで振って合図されたら、何か行動を起こすだろう。後ろを振り向くとか、車を停めるとか、道の左へ寄って速度を落とすとか……。金森は、そういう行動を誘って、前を行く車に乗っている人間の顔や風体を確かめようとしているに違いない。だから、その手に乗るわけにはいかないのだ。しかし、何もしないで進むことは、今度は逆に「別の意志」を表明することになる。それは、こっちが努めて相手を無視しようとしている、ということだ。それはつまり、前を行く車の人間は追跡者が誰かを知っていると、金森に教えることになるのだ。

「後ろのさまじ音だば何だろの?」(後ろの変な音は何?)

突然、サヨの低い声が聞こえたので塚本は驚いた。そしてあわてて「顔どご上《あ》げんなよ！」と言った。

「あれは後ろの自動車が合図のために鳴らす音だよ」

と、長沼が説明した。

「んだでも、何だが気分悪ぐなったでば……」

とサヨは、こもったような声で言った。

塚本と長沼は、思わず顔を見合わせた。二人は予想外のことが起きた時の当惑を、お互いの表情から読み取った。これまで二人は、「車酔い」という言葉と「自然児」であるサヨとを結びつけて考えたことがなかった。しかし、思い直してみれば、乗り物に乗ったことのない人間が長時間車で揺られれば、車酔いになる可能性は充分あったのだ。

「まずいな」

と長沼が言った。

塚本は、後ろを振り向きたい気持と戦いながら、サヨに言った。

「サヨ、そのままで、もちょっと我慢でぎっが?」

「ケイゾーさん、おれだば大丈夫だ」

とサヨは言ったが、何か苦しそうだ。

「どこかで停まるか？」

と長沼が言った。

その時、後続車がまたクラクションを鳴らした。今度は三、三、七拍子だ。

「停まったら写真、撮られますよ」

と塚本が言った。

「おれが出てって産日の相手になっているあいだに、彼女を床に寝かせろ。タオルで隠すんだ」

塚本は上司が何をするつもりかよく分からなかったが、その力のこもった命令を聞いて、

「わかりました」

と答えた。

長沼は、道路脇の木蔭へ車を停めると、サイドブレーキを引き、

「勝手なことはさせんからな！」

と言いながら車から飛び出していった。

一方、金森達二は、前方を行く車が急に速度を落として道路脇に寄るのを見て、急いでブレーキを踏んだ。彼の車は、前の車のすぐ後ろに停まった。と、前の車から勢いよく運転手が飛び出してきたので、金森は「しまった！」と思った。自分が前の車へ行くという当初の計画が外れたからだ。前方の車の男には見覚えがある。その男は、怒ったような顔をして金森の所へ来た。

「何か用があるのかね？」

と、男は金森の顔を覗き込むようにして言った。金森は、ひるまずに単刀直入に訊いた。

「合同新聞の人ですね？」

長沼は金森の質問には答えずに、

「君は産日の金森さんだね？」

と言った。

不意を突かれて、金森は答えに窮した。

「新聞記者が他社の跡をつけて、恥ずかしくないのか！」

と、長沼はたたみかけるように言った。それを聞いて、金森は相手がライバル社の支局長であることを思い出した。

「跡をつけたんじゃなくて……」

と言ってから、金森は「道を訊こうと思った」という言葉を呑み込んだ。自分の素性を知っている相手に、こんな言い訳は通じないと思ったからだ。そして、

「助手席の人に用事があったもんで……」

と言った。

「こっちだって用事があるから一緒にいるんだろう？」

長沼は、年下の他社の記者が慌てる様子を見て取り、口元を少しゆるめた。これなら相手を追い払えると思ったのだ。

しかし、金森は食い下がった。

「でも、あの爺さんの家には電話もないし住所もないから、出会った時に無理にでも話を

する以外に方法がないじゃないですか」

長沼は、金森が勘違いしていることを知り、気を緩めた。そして、これで相手は退散するだろうと考えて、つい本当のことを口に出した。

「助手席にいるのはあの爺さんじゃないよ」

「あっ、そうなんですか……」

金森は、相手が自分の知りたいことをあっさり言ったので、拍子抜けした。助手席の人が郷太爺さんでなければ、こんなところに長居は無用だ。しかし、それはあくまでも相手が本当のことを言っていればの話だった。

「本当ですね?」

と、彼はダメ押しの質問をして長沼の表情をじっと窺《うかが》った。

「我々は爺さんへの取材は、ずっと昔に終ってる!」

長沼は眉を上げながら大声でこう言って、肩をすくめた。

金森は、その長沼の言葉に嘘はないと思った。

「それなら帰ります。どうも面倒をかけました」

金森はそう言って、運転席でペコンと頭を下げた。

塚本は、金森の車が方向転換して遠ざかっていくのを、バックミラーに手をかけて見ていた。長沼は運転席にもどり、

「さあ、ヤツは退散したぞ」

と言って白い歯を見せた。

こうして再び、サヨの乗った車は曲がりくねった山道を走りはじめた。今度は、サヨは起き上がって後部座席にきちんと腰かけ、窓ガラスに顔を付けるようにして車外を見ていた。産日新聞に見つかる心配はなくなったからだ。塚本は、窓外の緑の自然の中に車や建物、鉄塔、電柱など、サヨの知らない文明の象徴《しるし》を見つけるたびに、後部座席を振り返って説明を試みた。彼女を少しでも早く現代文明に慣れさせるためと、車酔いの不快感を忘れさせるためだった。が、サヨは、浮かぬ顔でときどき車の床に目を落としていた。

「サヨ、前より気分悪ぐなっだでが?」

と塚本は訊いた。

サヨは、塚本の方を見てうなずいた。顔面蒼白だった。

「支局長、どこかで彼女を休ませましょう」

と塚本は言った。

「県道に出てからがいい」

と長沼は言った。そして、「万一、産日が引き返してきたら、この辺はまだ危険だ」と理由を付け加えた。

塚本は、動く車の中で後部座席に移動し、サヨの背中をさすり始めた。

八久和ダムの北側を走る山道は、鱒淵沢を越えてしばらく行くと県道三四九号とぶつかる三叉路に出る。そこからは快適な舗装道路になるが、サヨの様子を気遣った長沼は、三叉路を左折してしばらく行った道路脇に車を停めた。そこに屋根つきのバス停留所があったからである。夏の強い陽射しを避けながら、周囲に広がる田んぼや山を見ていれば、車酔いからの快復も早いだろうと彼は思った。

しかしこの時、産日新聞の金森は、郷太爺さんの家とは逆方向に山道を走っていた。つまり、姿の見えない塚本たちの車を、再び追っていたのである。今度は、かなり自信をもって。

それより十数分前、郷太爺さんに会うために八久和ダムの堤方向に車を走らせていた金森は、合同新聞の車の助手席に乗っていた人間が誰なのかを考えていた。それが郷太爺さんでないのなら、新聞社の支局長ともあろう人間がこんな山奥で何のために車に乗っているのか？　その理由が分からなかった。そして、今朝、自分が長沼の乗った車の写真を後ろから撮ったことを思い出した。デジタルカメラで撮った写真はすぐ見ることができるから、金森は車を道路脇に停めて、写真を見た。レンズをズームアップして手持ちで撮影した画像は、かなりブレていた。しかしその写真には、車内には二人ではなく、やはり「三つ」——人の頭らしきものが写っていたのだ。長沼は、郷太爺さんの取材は「ずっと昔に終っている」と言った。では、爺さん以外の誰がこんな山奥にいたのか？　三人いた乗員が、なぜ途中から二人に減ったのか？　そして、郷太爺さんはなぜ自分を避けたのか？

——あそこに塚本がいたんだ！

いきなり、すべての疑問が氷解した、と金森は思った。

助手席が塚本だとすると、残る一人の乗員は、彼の取材対象である「あの少女」に違いなかった。それならば、車内の人影が途中から一人減った理由も分かる。それは、自分の追跡に気がついて塚本が取材源を隠したのだ。郷太爺さんが自分を避けたのも、合同新聞に協力するためだし、「あの少女」を護るつもりだったかもしれない。それはむしろ当然のことだ！

この重大な答えを得た金森は、もう躊躇しなかった。土煙を上げて山道を走り、「白い車」の影を追った。途中で二、三度、危ない思いをしたが、県道に出る三叉路まで対向車に会わなかったことは幸いだった。交差点で信号待ちをしながら、彼は県道をどちらに曲がるべきかを考えた。右方向は鶴岡行き、左は朝日連峰へ続いている。自分が相手の立場だったら……どちらへ曲がるだろうか？　――他社の裏をかくことを考える……。

と金森は思った。

そして、祈るような気持で、青信号で左へ曲がった。

舗装道路の両側に注意しながら、金森はゆっくりと車を走らせていた。しばらく行くと、四百メートルほど先のバス停の前に、合同新聞と同型の白い車が停まっているのが見えた。彼は、胸の鼓動が高鳴るのを感じながら静かに車を降り、カメラを胸の位置に構えて近づいていった。

17

荒沢ダムの手前にある屋根つきのバス停は「荒沢」といい、鶴岡側の一方だけに板壁がついていた。その板壁に斜めに寄りかかって、サヨは咽《のど》の奥に滞っている不快感が去るのを待っているようだった。日焼けした顔を空に向けてはいたが、時々目の前を自動車が行き過ぎると、両眼がくるくると動いて、珍しそうにその後を追う。塚本は、そんな彼女に向かって自動車の種類やその用途、信号機の色の意味、横断歩道のこと、バスの乗り方、電車との違いなどを熱心に説明していた。

長沼は、二人に背を向けてバス停の外れに立ち、携帯電話を耳に当てながら上半身をしきりに前後に揺らしている。電話の相手に対して、サヨをめぐる今後の動きについて確認と指示を出しているのだった。その長沼も塚本も、次のバスがそこへ来るのは二十分先だと知っていたから、今の自分の仕事に没頭することができた。やることは山ほどあった。

やがて長沼は電話を耳に当てたまま、バス停の屋根の下から出てゆっくり歩きはじめた。二、三歩行って、ぐるりと半回転し、屋根の下に入ったかと思うと、また二、三歩あるいて夏の陽射しの中に出る。会話に集中する人の目は、視野に入るものを見ているようで見ていない。その長沼の表情が一瞬、硬くなった。視野の片隅に帽子を被った男が一人現れ、話をしている塚本とサヨに近づくと立ち止まり、手にもっていたものを構えた。

長沼が、

――カメラだ！

と思うのと同時に、塚本が、

「おい、やめろ！」

と言って、男の前に立ちはだかった。

男はひるまずにカメラを片手に掲げ、塚本の体とバス停の板壁の隙間からサヨを撮ろうとした。

「金森さん、彼女はまだ子供だぞ！」

と塚本は言って、男の手からカメラを取り上げようとした。二人はもみ合いとなった。

長沼は、その隙をねらい怯えているサヨに駆け寄ると、肩を抱きかかえるようにして停めてある車の方へ急いだ。

「新聞社が未成年者を誘拐していいのか！」

金森の大声がそれを追った。

「誘拐じゃない。保護するだけだ！」

と塚本が反駁する声が聞こえる。

「親に無断でか？」

「親はいない」

「どうしてそれが分かる？」

「あの子がそう言った」

「それならなぜ、警察や児童相談所に届けないんだ？」

「今連れてきたばかりだ」

「これから届けるのか？」

「それは……」

返答に窮している塚本と、その胸倉をつかんでいる金森の前を、長沼が運転する白い車が加速しながら通り過ぎた。金森は塚本を振り切ると、路肩に停めてある自分の車の方へ駆け出した。

塚本は、携帯電話を取り出して長沼を呼んだ。

「支局長、産日がそっちへ向かってますが、まっすぐ隠れ家へ行きますか?」

「いや、見つかるとまずいから、いったん支局へ寄る。君の方から支局へ連絡して、通用口に別の車を停めさせておいてくれ」

「乗り換えるんですね?」

「そうだ、正面に停めて裏から出る」

「わかりました」

塚本は、この計画変更を支局のデスクに電話で伝えながら、気が気でなかった。恐れていたカーチェイスにサヨを巻き込んでしまったからだ。しかし、今となっては彼女を長沼に任せるほかはない。彼は、早くサヨと合流するために、鶴岡のタクシー会社に電話で配車を頼んだ。

当初の計画では、隠れ家となる農家へサヨを連れていくのは塚本の役目だった。塚本のほかには、長沼もその場所を知っていたから連れていくことはできるだろうが、彼は支局長としてほかにやることがある。だから、支局で別の記者と運転を交替することになるのか——塚本はそこまでは想像できた。

——しかし、誰と？

記者たちは、それぞれこの日の役割分担が決まっていたし、人員に余裕はない。それに、サヨにとってまったく見知らぬ男に運転を任せるのは得策とはいえない……そう考えていくと、塚本はやはり自分が運転するほかはないと感じ、タクシーの到着を胃が痛くなる思いで待った。

産日新聞の金森は、サヨが乗る車を追跡しながら県道三四九号を南へ走っていたが、タキタロウ公園の手前まで来たとき、唐突に道路脇に車を停めた。合同新聞を追わなくても記事は書ける、と思ったからだ。それに、何人も記者を抱える地元紙に対して、自分一人しか記者がいない全国紙がまともに立ち向かっても、この種の取材は勝ち目がないことは明らかだった。だから合同新聞とは違う視点で、この問題に切り込まねばならない。その「違う視点」が、そのとき金森の脳裏に閃いたのだった。しかし、それを記事にするには、もっと別の方面に取材する必要がある。あまりゆっくりしていては、翌日の朝刊に間に合わないのだ。

昼食後、一息入れてから、金森は鶴岡市内の自分の仕事場——産日新聞鶴岡通信部へ行った。好物の棒鱈を噛み締めているあいだに、取材対象のリストは完成させていた。鉄筋コンクリート三階建てのその建物は、三階のブラインドは閉まったままで、一階入口では七十代の守衛が居眠りをしていた。金森はその守衛に一瞥をくれて、二階の編集部へ真っ直ぐに向かった。そして備え付けの電話の受話器を取り、山形支局のデスクを呼んだ。

「ああ、佐伯さんですか、鶴岡の金森です」

山形支局の編集部次長の佐伯紀夫には、金森は合同新聞の記事の〝後追い〟をしていることを前もって話してあった。

「例の合同新聞の記事のことですが、あれは全部事実のようです。あそこに出てくる女の子を今日、目撃しました。写真もあります。合同新聞はその女の子を隠すつもりです。法的にちょっと疑問があるので、その視点から書きますから、早版《はやばん》の締め切りまで待ってもらえませんか?」

早版とは、新聞を発行する大都市から離れた土地へ配られる版のことで、印刷後の配送に時間がかかることから原稿の締め切りも早い。鶴岡地方には、この早版の新聞が来るのだった。

「何行ぐらいだ?」

と、佐伯は記事の長さを訊いてきた。

「リード付きで五、六十行でどうでしょう?」

「わかった。写真はどんなの?」

「女の子がバス停ですわってる所です。合同の記者も写ってます」

「顔はわかるの?」

「多分わかります。でも、女の子の顔は隠してください」

「歳はいくつだ?」

「十五ぐらいです」

「とにかく記事を早めにね」

「分かりました」

　要点だけの会話の後、金森は受話器を下ろさずに人差し指を使って回線を切り、次の取材相手の番号を押した。それは弁護士をしている大学時代の友人だった。金森が合同新聞のやり方に法的疑問を感じたのは、保護者のいない未成年者を独占している点だった。これを法律専門家がどう考えるかを知りたかった。そのほか、警察や児童相談所にも取材するつもりだった。

　金森はこうして受話器を耳に当てたまま何枚もメモを取り、電話帳や名簿を調べては取材先に電話し、あるいは市立図書館まで足を延ばして参考書に当たり、三時間ほどを取材に費やした。翌朝の新聞のための取材は、午後五時ごろまでが勝負だった。その時間を過ぎれば、役人や会社勤めの人たちは職場を離れ、電話での連絡がしだいに困難になる。金森は、そういう種類の人々に優先的に電話取材し、五時を過ぎてからは借りてきた本を再び読み返しながら重要な点を確認した。

金森が原稿を書き終わったとき時計は午後六時を回っていたが、その頃までには、山形合同新聞の塚本敬三は、サヨを〝隠れ家〟となる農家へ送り届けていた。彼の上司の長沼支局長は、産日新聞の車が追跡を途中で諦めたことを知って、当初の計画通り、塚本にサヨの運転手をさせたのだった。しかし、当初の計画にない重大な変化が一つあった。それは、こんな早い時期に他社にサヨのことを知られただけでなく、もしかしたら彼女の写真も撮られたことだ。これは、翌日の全国紙の朝刊にサヨの記事が出るかもしれない、ということだった。それに対して、合同新聞の側も、社としてどんな態度をとるか早急に決めねばならない。そのための緊急編集会議に、塚本は担当記者として出なければならなかった。

サヨを引き取ることになった農家には、六十代後半の夫婦が住んでいるが、その夫婦には彼女のことを「知り合いの娘」で「物事の理解が遅い」とだけ話してあって、まだ詳しい事情を告げていなかった。そんなことよりも、彼女のために用意してもらった部屋の中で、現代人の普通の生活の手ほどきをすることの方が重要だと思った。その仕事の中途で、塚本はサヨを置いて車に乗り込んだ。会議終了後に、「またもどってくる」と言い残して。

ハンドルを握る塚本の脳裏には、産日の金森にバス停で投げつけられた言葉が走り回っていた。

――なぜ、警察や児童相談所に届けないんだ？

この疑問にきちんと答えようとすると、マスメディアに籍を置く自分の現在を否定するような気がして、心が晴れなかった。彼女をかくまうのは、無論〝世間〟の好奇の目から未成年者を守るためだが、その好奇の目をあおる役割をしているのがマスメディアだった。だから、マスメディアの一翼をになう自分が、彼女を〝世間〟から守るというのは、全く矛盾した行為なのだ。

しかし、当然のことではあったが、この晩の緊急編集会議では、この角度からの検討はされず、翌日、産日新聞が報道することを前提として、その日の自社の紙面構成が議論されたに過ぎなかった。その結論は、サヨをめぐるこれまでの経緯を社会面に簡潔に書き、社説で「未成年者保護」を目的として、これまで少女の本名やプライベートな事実の公表を控えてきたことを明確にする、ということだった。

翌日、七月十二日の産日新聞の社会面には、こんな記事が載った。

新聞社　少女を連れ回す　取材の行き過ぎか

十一日午前、山形県内に読者をもつ山形合同新聞（本社・山形市）の鶴岡支局長と同支局記者一人が、身寄りのない十代半ばの少女を同県朝日村の八久和ダム近くの山村から連れ出した。同社は少女の保護が目的だとしているが、児童福祉法では身寄りのない未成年者を発見した者は、福祉事務所や児童相談所に通告する義務があり、保護者は公的機関の判断によって決められる。同社はこれらの手続きを経ていない。山形合同新聞は、先月から始まった「森の奥から」という連載記事で、この少女の生活ぶりや考え方を五回にわたって紹介しているが、記事の取材に要した約一ヵ月半の間、同社は法律に定められたこれらの義務を怠ってきた疑いもある。報道機関の取材活動と児童福祉の関係について、新たな問題を投げかけている。

関係者の話によると、連れ出されたのは八久和ダム沿いの山奥に独りで住んでいたSさん。Sさんは十七日午前九時五十分ごろ、八久和ダムの貯水湖の北側で、合同新聞鶴岡支局長の運転する車に同社の記者と三人で乗っているのが目撃され、さらに同十一時前にも、県道三四九号線の「荒沢」バス停に同じ二人といるところを目撃されている。目撃者がSさんを保護すべきことを質したところ、同社支局長はSさんを再び車に乗せて連れ去った。その後、Sさんは山形県内の児童福祉施設には預けられていない。

Sさんは七歳ごろ父親を亡くし、五年前に母を亡くしているため、保護者はいない。児童福祉法の規定では、保護者のいない児童は、公的機関の判断により児童相談所や児童養護施設などに預けられるか、里親に引き取られることになっている。いずれの場合も公的機関への通告とその判断が必要だが、合同新聞ではその手続きをとらず、Sさんの身柄を預かったまま行方を秘匿している。

前田重夫・山形合同新聞編集局長の話

少女は現代生活を知らず、新しい環境に慣れていない。わが社は、少女が心の安定を確保するまで一時的に預かっているだけで、隠しているのではない。できるだけ早く法律にもとづいた保護の手続きをとるが、保護者が正式に決定する前に、不慣れな環境で好奇の目にさらされることは好ましくないと判断した。少女の居場所は明らかにできない。

18

七月十二日の朝、長沼章二は合同新聞鶴岡支局の二階の部屋で目を覚ました。

支局長になってから社に泊まることは、「久しぶり」と言っていいだろう。平和なこの町では、大きな事件や事故はめったに起こらないから、大抵の日は午後七時を回ると、記者たちが三々五々出先から引き揚げてくる。彼らはその時までには、書いた原稿を支局経由ですでに本社に送っているので、本社からの問い合わせがある場合に備えて、体だけもどるのである。そして、特別のことがなければ八時ごろには仕事が終わる。だから昨夜のように、長沼をはじめ数人の記者が原稿締め切り時間である午前零時前後まで居残ることは、ここ数年なかった。長沼は、夜中まで部下の記者たちの原稿をチェックしたり、ニュースの取り上げ方などを皆で議論しながら、熱く燃えていた駆け出し時代にもどったような気分を味わっていた。

毎朝六時すぎに、新聞配達の車が支局の玄関前に自社の朝刊の束をドサッと置いていくが、この日、長沼はその音を聞かない前に階下まで降りていった。入口横の郵便受けの中に、産日新聞がまだ入っていないかどうか確かめるつもりだった。他社の新聞が自社のより早く来ることはめったにない。しかし、「万が一……」と彼は思ったのである。

長沼は、前夜ほとんど眠っていなかった。夜更けまでサヨに関する記事の最終原稿を見ていただけでなく、山形市にある本社とのやりとりに追われていた。産日新聞が、長沼の上司の前田編集局長にまでコメントを求めてきたことで、前田から少々お説教をくらい、前田のコメントの下案を作るはめにもなった。問題の焦点はやはり児童福祉法との関係だったが、これについてはすでに弁護士の意見も聞いてあったから、さほど深刻に考えていなかった。ただ、全国紙を相手にして神経質になっている前田を安心させるのに、ひと苦労した。

産日新聞の朝刊は、午前六時半ごろ届いた。長沼は早速、サヨの潜む農家にいる塚本に電話し、電話口でその記事を朗読してやった。紙面にサヨの写真が載らなかったことが、何よりの朗報だった。産日の金森は彼女の写真をうまく撮れなかったか、あるいは未成年者保護の観点から、撮った写真の掲載を断念したに違いない、と彼は思った。もし後者だったら、もう一歩深く考えて、形式的な法律違反を責めるのではなく、あの不幸な少女の不安定な心を考慮してほしい、とも思った。

「形式的な法律違反」とは、塚本がサヨを発見してからこの日までの約一ヵ月半の間、合同新聞が公的機関にサヨのことを通告していないことを指す。児童福祉法第二十五条によれば、保護者のいない未成年者を発見した場合、発見者は福祉事務所か児童相談所に通告する義務がある。しかし、「いつ通告するか」についての明確な規定はない。弁護士の話では、条文に「直ちに通告しろ」と書いてない以上、一ヵ月半の遅れは必ずしも法律違反ではないが、通告できない合理的な理由がなくなれば、できるだけ速やかに通告すべしということだった。産日新聞は、この点を指して「法律に定められた義務を怠ってきた疑いもある」と書いているのだった。

「まあ、〝負け犬の遠吠え〟というほどのことさ」

と、長沼は電話の向こうにいる塚本に言った。特ダネを抜かれた悔しさに、強引に法律問題を持ち出してきたという意味だ。

「他社への対応は大丈夫でしょうか?」

と塚本は言った。

「もしうるさく言ってくるようだったら、夕刊の締め切り後に会見をしてもいいと思う」

と長沼は言った。

「どこまで発表するんですか?」

と塚本は心配そうだ。

「大丈夫、彼女のことは、すでに記事に書いた以上のことは言わんつもりだ」
「行政サイドの反応はどうでしょうか」
「ああ、打ち合わせどおり、山形の三井君がやっているから、そのうち情報が入ってくると思う」

と長沼は言った。

塚本が言う「行政サイドの反応」とは、県の福祉事務所や児童相談所からサヨについての問い合わせがあった場合のことである。福祉事務所などには、保護者のいない児童への指導や助言をする義務がある。新聞にサヨが両親を亡くし、保護者のいない少女であることを書けば、それはほとんどの人間の知るところとなるから事実上、福祉機関へ通告したとも受け取れる。だから、「行政サイド」がサヨとの接触を求めて問い合わせてくることは十分考えられた。そうなると、彼女を一時的にせよ児童相談所に引き渡さねばならない可能性が出てくるのだった。

こういう様々なことを考え合わせると、山形合同新聞では、サヨを長期間農家にかくまっておくことには法律的に無理があるという判断に傾いていた。しかし、彼女のことを最もよく知っている記者の塚本が、彼女の早期の〝社会参加〟に難色を示していることを尊重して、一種のリハビリとして、農家で一時的に生活させる決定を下したのだった。

とにかく今後のサヨのことは、最終的には「行政」との相談で決まることになるから、一新聞社の独断は避けよう――その日の合同新聞の社説は、そんな考えが前提になっていた。

社　説　**「森の奥から」は実話**

本紙は六月初旬から約一ヵ月にわたって第二社会面で「森の奥から」という物語風の企画記事を毎日曜に掲載してきたが、この記事に登場する少女、Sが実在の人物であることをあえて明確にしなかった。それは、未成年者の保護と報道の自由を両立させるためのやむをえない措置だった。この少女は、類例のない境遇で生きてきた保護者のいない未成年者であり、しかも、つい最近まで、通常の方法では人が行けない山の奥地にいたのである。

本紙の調査では、少女は単に両親と死別しているだけでなく、現代の文明生活をまったく知らない。これは、朝日村に八久和ダムが建設された昭和三十二年当時、少女の両親が県の勧告に従わずに危険地域から立ち退かなかったため、ダム湖の水によって住居が他地域から隔離されてしまったことによるらしい。

本紙の記事でお伝えしたように、少女は現代の、便利な道具に囲まれた効率優先の生活を知らない代わりに、動植物の生態をよく知り、小規模ながら農耕や漁労を自分で行い、工芸に手を染め、自然との深い関係の中で独自の世界観をもってたくましく生きてきた。十代半ばにして、自然の中での生活に必要な知識と技術を十分習得している。このことは、現代の子供たちの多くが、テレビや携帯電話やコンビニに象徴される消費社会から離れては生活できず、心身ともに不健康な子供も少なくないことを思い起こすと、深く考えさせられる。

私たちは、この少女の生き方の中に、古き日本の伝統だった「自然と共存した生活」の原型を見る思いがする。それは、季節の変化の中に現れては消える多種多様の動植物から恩恵を受けるだけでなく、それらを人間と同等の「命」として尊敬し、育む生き方である。人間が〝万物の霊長〟として自然から奪い、それを支配するのではなく、自然の一員として共存しようとする態度——その中にも幸福はある。それは、自然を力でねじ伏せる勝利感とは異なり、自然との共栄を目指して、人間が自然に歩み寄り、また譲歩する中で得られる一体感だろう。そんな幸福は、便利な消費生活の中では決して味わえない。が、それこそ地球温暖化時代に人類が目指すべき目標ではないか——読者の皆さんには、そんなメッセージを本紙の企画から読み取っていただければ、私たちの目的は達成されると思う。

なお、本紙は児童福祉法などの法律で定められた義務については、できるだけ早急に果たす考えだが、未成年者保護に加えて、情報源の秘匿を重視する立場から、少女のプライバシーに関する事柄については今後も細心の注意をもって取り扱うことを、読者の皆さんにはご理解いただきたい。

社説の最後に書いた「少女のプライバシー」についての文章は、他社からの取材を牽制する意味があった。つまり「読者の皆さん」を相手にして書いてはいるが、それは他のメディアも含めた「読者」だった。他社にサヨへの直接取材をできるだけさせないための〝伏線〟とも言える。少なくとも自社の保護下にあるあいだは、サヨの居場所や生活の様子、教育程度や心理状態などを、興味本位で書きたてられることは避けたかった。

新聞記者の朝は遅い。二十四時間の警戒態勢にある一部の部署を除いては、官公庁が仕事を始める午前九時に出勤する者は、まずいない。早朝に取材がある場合は別だが、早くても十時、遅ければ十一時前後に職場に顔を出す者も少なくない。突発的に大ニュースが入ってくれば、こんな習慣はもちろん無視されるが、今回のような「他社の特ダネ」が分かった場合、その〝後追い〟をすべきかどうかの判断は各社まちまちである。夕刊ですぐ書く社もあれば、翌日の朝刊で小さく扱う社、あるいは無視してまったく書かない社も出てくる。だから、特ダネを書いた社は、他社の反応を見ることによって、自分たちの努力の価値を客観的に知らされることにもなる。

長沼章二は、椅子の背もたれに体をあずけ、靴のままの両脚をデスクの上にあげて、両腕を後ろ手に組んだまま目を閉じていた。他社の反応を待ち構えていたのである。彼の周りには、山形市の本社との間の直通電話、外線電話、社用の携帯電話が置かれている。デスクの左に置かれた六人掛けの応接セットの隅では、旧式のテレビがNHK放送を流している。三つの電話のいずれが鳴るか、あるいはNHKのアナウンサーがサヨのことを口にするか……長沼は後者の可能性はあまり期待していなかったが、前者は時間の問題だと思っていた。時計を見ると、もう八時に近い。

空腹を感じていた彼は、椅子のスプリングをきしませながら体を起こし、近くのコンビニで買っておいたホットドッグをゆっくり頰張りはじめた。

八時のニュースでは、どのテレビ局もサヨについて沈黙していた。八時四十分ごろ携帯電話が鳴って、塚本が「森の奥から」の番外編を翌日の紙面用に書いてもいいかと聞いてきた。長沼は「書いてみろ」と答えて、そのスペースを獲得するために本社と交渉を始めた。九時二十分ごろ本社のデスクから連絡があり、県庁担当記者の情報として「他社から会見の要請があるかもしれない」と伝えてきた。長沼は、「自分は持ち場を離れてすぐ山形へは行けないから、会見は午後からにしてほしい」と本社に伝えた。これは、塚本との打ち合わせ通りである。長沼はすぐに酒田市の担当記者に連絡し、鶴岡支局のデスクを代わってもらう手はずを整えた。これも、事前に打ち合わせておいた通りだった。

他社との会見にあたって、長沼には心配事が一つあった。それは、自社の取材のやり方が攻撃の的になるのではないかということだ。産日新聞がその日の記事で「法律違反の疑い」を書いているのも、その裏には一種の〝やっかみ〟があるような気がした。そのやっかみとは、「サヨ」という取材対象を独占していることだ。自分たちは、彼女にいわば〝密着取材〟して何本も記事を書いておきながら、他社には直接取材させないというのは、この業界では通用しない。だから、他社はサヨに会わせろとか、居場所を教えろと要求するだろう。「未成年者保護」という理由だけでは、取材要請は断り切れまい。しかしそれを許せば、あの悪名高き〝一斉取材〟が起こって、彼女の〝リハビリ〟や社会参加に悪影響を与える恐れが十分あった。サヨの様子に詳しい塚本が、特にそのことを心配していたから、長沼はわざわざ隠れ家まで用意したのだった。他社の一斉取材を防ぐには、サヨを隠し通すしかない。が、そうすれば自社はこの業界で孤立する危険があるのだった。

サヨという一人の少女は、自社が孤立の危険を冒してまで護るべき情報源であるのかどうか、長沼には正直言ってよく分からなかった。

19

長沼が恐れていたように、サヨをめぐる記者発表は山形合同新聞にとって難しいものだった。長沼が発表の場所として山形県庁を選んだのは、サヨのいる鶴岡にあまり詳しくない記者を相手にする方が得策と考えたためだ。が、これが却って災いしたようだった。県庁所在地には政治や法律に詳しい記者が何人もいて、それが合同新聞の〝独占取材〟を批判する立場から鋭い質問を繰り返したからだ。

合同新聞がサヨの発見を関係機関にすぐに通知しなかったのは、彼女の心理的負担をできるだけ軽くしてやりたいと考えたからである。法律的に言い換えれば、児童福祉を重視したのである。だから本来、彼女の扱いは児童福祉法の問題なのだが、批判的な記者たちは「未成年者略取」や「誘拐」などという犯罪用語を使って質問し、長沼らの行動が刑事事件に及ぶかのような言い方をするのだった。

刑法の分野では、「略取」とは暴行や脅迫などの手段で人をかどわかしたり、意思能力のない幼児を連れ去ることをいい、「誘拐」とは嘘や甘言を使って、あるいは思慮の浅さに乗じて他人を任意に随行させる——つまり、自分の意志でついて来させる——ことをいう。サヨの場合は、どう考えても「略取」とは言えないが、「独占取材を目的とした誘拐」だと見ようとすれば、そう見えないこともないのだった。長沼は、こういう質問が自社のやり方に対する一種の嫌がらせであり、その目的は早くサヨの居場所を聞き出すことにあると了解していたが、あまりいい気持のするものではなかった。

会見の席に塚本を同席させなかったことを責める者もいた。「森の奥から」の記事に彼の署名が入っていたから、会見ではその担当記者から直接、サヨに関する情報を詳しく聞こうと思っていた記者もいたが、見事に当てが外れたのである。が、これは、サヨのプライバシーを守るための長沼の作戦でもあった。会見で立ち入った質問をされた場合、彼女のことをあまり知らない長沼なら「細かい点は知らない」と言い逃れることができるが、何日も一緒に暮らしたことのある塚本本人は、そうもいかないからだ。

しかし、合同新聞のこういう様々な配慮が、他社の記者たちから見れば「情報操作」と受け取られることは必至だったし、実際に情報操作そのものだった。だから「こんな会見は無意味だ！」と捨て台詞を吐いて席を立つ記者も出る始末だった。

「情報源を守るとか言っても結局、合同さんは自社の優位を守りたいだけでしょう？」

「少女の居場所を知らせないのは保護のためだと言うのは、まるで他社の我々は少女を傷つけると決めつけているようなもんじゃないですか」

「合同新聞なら少女を保護できて、我々には保護できないと考える理由を言ってください！」

「合同さんの特ダネは認めますけどね、情報の独占というのは協定違反じゃありませんか！」

——会見場はしだいに険悪な空気に包まれ、長沼は同業他社との関係を優先させるか、それとも情報源であり、未成年者でもあるサヨの保護を優先させるかの選択を迫られた。

彼は、部下の塚本の気持を尊重してサヨをできるだけ長く取材攻勢から守る立場を貫こうとしていたが、状況はそんな生やさしいものではなかった。こんなとき、自社内で意見が必ずしも一致していないことが、長沼の決意を揺るがせる一因となった。

合同新聞の本社は、サヨをできるだけ早く児童相談所か福祉事務所へ引き渡すべきと考えていた。法律問題もさることながら、新聞社は報道機関であって福祉施設ではないのだから、報道が終れば仕事は終る。取材相手の人間の私生活に深く関わって本来の仕事を忘れてはならない――こういう割り切った考えだった。社員である長沼としては、事態が難しくなれば当然、この本社の方針に沿った対応をしなければならないのだが、「報道はまだ終っていない」と思っていた。サヨのリハビリ生活も十分記事になると考えていたのだ。だから、法的問題が起きるのを回避するために「里親」の制度を利用できないかどうか、思いを巡らしていた。社の誰かが里親になるか、あるいは社で依頼した里親を県の当局に認めてもらおうという考えである。そして、今後も「森の奥から」の記事の連載を続け、その中でサヨの現代生活への適応の様子を詳しく描ければ、それはきわめて珍しい人間ドラマになるに違いない。そういう記事を書くことが新聞社としての使命であるし、書き手も記者冥利につきると思っていた。

しかし、会見場で他社の厳しい反応に晒《さら》されてみると、記事の連載を続けるために独占取材の期間を長引かせることは事実上、不可能だということが、長沼には痛いほどわかってきた。

――塚本はがっかりするかもしれないが、本社の方針に沿った行動をするほかはない……。

そういう考えが、会見中の長沼の脳裏にはしだいに色濃く広がっていった。そして気がついてみると、「わが社としては、できるだけ速やかに法律に定められた義務を履行するつもりです」と、本社の代弁をしている自分を発見した。

山形県庁での記者会見が終ったのは、午後三時前だった。部屋を出て行く長沼の後を追うようにして、合同新聞の県庁詰めの記者、三井健二が声をかけてきた。

「長沼さん、お茶でも飲みませんか?」

長沼は、三井の心情を察して、

「どこかいい店あるかね?」

と訊いた。山形市の地理には詳しくなかったのである。

三井は長沼より十歳ほど年下で、長沼が鶴岡支局長になる前、鶴岡で一緒に仕事をしていた。そんな関係で、今回のサヨの〝脱出行〟に際して、行政関係の反応を調べるように頼んでおいたのである。

三井は、県庁近くの喫茶店に長沼を案内すると、すぐに口火を切った。

「県の児童家庭課の課長から聞いた話ですが、保護者のいない未成年者を発見したという報告は、電話でいいからきちんとやってほしいということです。長沼さんの会見での話だと〝できるだけ速やかに〟ということでしたが、私から児童相談所に連絡しましょうか?」

「いや、もう少し待ってくれ」

と長沼は答えた。

山形県には、県庁所在地の山形市と鶴岡の二ヵ所に児童相談所があるが、サヨをそのどちらへ連れていくかは塚本の意見を聞いた方がいいと思ったからだ。

「彼女の報告のことは、こっちで相談して連絡する」

と、長沼は言った。そして逆に三井に尋ねた。

「それより、県の担当者はどういう考えだ？」

サヨを新聞社が預かっていることを、行政側がどのように見ているのか知りたかった。

三井は、次のように報告した。

県では、保護者のいない児童は早急に児童相談所へ報告し、身柄も同時に引き渡してほしいと考えている。サヨのような特異な環境で独りで生きてきた児童は、表面上は普通に行動しているようであっても、心理的な問題がある場合が多く、現代生活に適応させるには時間がかかる。それを素人がやるのは危険であり、児童福祉の観点から考えても好ましくないというのである。保護者のいない児童の報告義務を定めた児童福祉法には、義務不履行の場合の罰則規定はない。しかし、新聞社がそれを理由に法律違反をするのは論外である。マスメディアは社会教育機関としての性格があり、児童福祉にも深い関係があるのだから、教職員や警察、弁護士などと同じように、率先して法律を守る責任がある。だから、報告義務をすぐに履行してほしい。また、報道機関として情報源の秘匿が重要であることは十分理解できるが、児童相談所の職員には守秘義務があるから、そこへ通告することは情報源の開示には当たらないし、サヨのプライバシーを守ることは児童相談所の職務の重要な一部なのだから、全く心配することはないというのだった。

「そうか……」

長沼はそれだけ言うと、三井の前で下を向いてしばらく沈黙していた。本社の意見と行政の考えがこれだけ一致していれば、支局長の自分としては選択の余地はほとんどないと思った。これは、塚本を説得して、サヨを手放す以外に現実的な道は残されていないということだった。そして、早く他社との融和を図らねばならない。

長沼は三井に礼を言うと、喫茶店の椅子から立ち上がった。そうと決まったら、実行は早いほどいいと思ったのである。

長沼が、仕事場である鶴岡支局にもどると、塚本が原稿を手にして待っていた。帰途、携帯電話で連絡して、サヨのいる〝隠れ家〟から支局まで出て来させたのだ。

「番外編の原稿、書きました」

こう言って、塚本はプリンターから打ち出したばかりの原稿を、長沼の目の前に差し出した。長沼は原稿を受け取ると、

「よし。それはいいとして、問題がややこしくなってね、方針を変えなきゃならんぞ。ちょっと奥で話そう」

と言った。

「奥」とは、デスク席の横にある応接セットのことである。そこへ塚本を座らせた長沼は、体を前に乗り出して、

「どうだ、彼女は？」

と訊いた。

「知識はだいぶ増えたと思いますが、それを使って実際に生活できるかどうか、何とも言えません。明日は、買い物に連れて行こうと思ってます」

こう言う塚本の顔に、長沼は妹思いの兄の表情を読み取った。そして、わざわざ渋い顔をして言った。

「あのね、彼女を、児童相談所へ連れて行かなきゃならないんだ」

塚本は、狐につままれたような顔をした。

「それはもっと後のことですね？」

「いや、明日か、遅くともあさってだ」

と長沼は言った。塚本の目が丸くひろがった。

「冗談でしょう、支局長！」

長沼はゆっくり首を横に振った。

「じゃあ、農家での暮らしはどうするんです？」

「残念だが、取りやめざるをえないんだ……」

こう言うと、長沼は目を細めた。それは、自分も大きな計画を諦めたという無念さを伝えていた。

「サヨは……彼女は、まだ社会というものを知らない……」

そう言う塚本の語尾は、しだいに小さくなった。

「そういうことは、専門家に任せようや……」

と、長沼は部下を気遣うように言った。

塚本は顔を上げた。

「でも、各社が取材に行きます！」

「各社にも良識はあるだろう」

この長沼の言葉は、塚本には意外だった。〝集中豪雨的取材〟がマスメディアの最大の問題だ、というのが彼の持論のはずだった。

「どうしたんですか、支局長?」と、塚本は不審さを隠さずに言った。そして、「良識を信じるなら、今回の問題は存在しないはずです」と続けた。

長沼は、弁解するような口調になった。

「良識が少しはある、という意味だ。それに、相談所に行けば、彼女は法律で守られる。前とは状況が変わってきた」

「どう変わったんでしょう?」

塚本は、納得できないという顔をしている。

「各社は協定違反だと言ってるし、県は法律違反は新聞社のすべきことじゃないと言っている。私もそう思うんだ」

塚本は視線をテーブルに落として、しばらく沈黙した。長沼は、このあいだに部下を納得させようとして、一気に話した。

「私の考えが甘かった。それは謝る。しかし、我々は心理学者でもなければ、教育者でもなく、児童福祉の専門家でもない。我々にできること、いや、我々がすべきことは、そういう彼女の心のケアじゃなくて、彼女の特殊な体験から得た現代への重要なメッセージを、社会に伝えることだ。で、それは君が記事を書くことでもう立派に果たしている。記事を書くという仕事には限界があるんだ。その限界を知って踏み止まるというのも、記者としての分別じゃないだろうか?」

塚本が顔を上げて言った。

「〝踏み止まる〟とは便利な言葉ですが、それは〝彼女を棄てる〟ということでしょう? 山奥から引きずり出して、不用になったら見知らぬ町に棄てるんですよ」

「それは違う」

と、長沼は少し語気を荒げた。

「我々は彼女を棄てるんじゃなくて、児童相談所に預けるんだ。社会を軽蔑しちゃいけないよ。君の彼女への思い入れは理解できる。しかし、記者は万能じゃない。科学の分野だって専門家の意見を聞かなくちゃ、記事は書けないじゃないか。心のケアは我々の専門じゃないんだ」

塚本はまだ食い下がった。

「でも支局長、専門家を全面的に信頼しろというなら、新聞記者の仕事など必要ないじゃないですか?」

「しかし、専門家をまったく信頼しないのでは、社会は成り立たない。塚本君、これは白か黒かの問題じゃなくて、皆が灰色であることを認めたうえで、何をベターとして選ぶかという問題だ」

「それで児童相談所の方が、我々よりもベターというわけですね?」

と、塚本は長沼の目を見て言った。

「総合的に考えると、彼女の社会復帰に関しては、そういうことになると思う」

長沼は言葉を選びつつ、嚙み締めるように言った。

20

「サヨをすぐ児童相談所に引き渡す」──社の方針を上司の長沼から聞かされた塚本は、何か重大な宣告を受けた人のように、重苦しい気分で支局を出た。

鶴岡からサヨのいる農家まで車のハンドルを握りながら、彼はこの決定を彼女にどう伝えるべきか思案に暮れていた。サヨには、これから新生活を送るための勉強をいっぱいしようと言ったばかりだった。その実地学習の第一歩として、翌日は近くの商店へ買い物に連れて行く予定だった。山のこちら側の〝社会〟では、苦労して作物を育てなくても、お金さえあれば店で野菜や果物を好きなだけ買うことができる──彼女にはそう話してあったが、言葉で理解するのと、実際に店頭に並んだカボチャやキュウリ、ナス、トマト、トウモロコシなどを見るのとは、大違いだろう。泥も砂もつかずに、色鮮やかに輝いて、透明ラップの中で横たわっている野菜たちを目にした時、サヨはどんな顔をするだろう。また、電気店で大画面テレビに映る外国の風景を見たり、ハリウッド映画を見たら、彼女は何と言うだろうか？　本屋でマンガを見せ、ファッション雑誌を開いたら、サヨははたして普通の中学生のような反応をするだろうか？

それとも、携帯電話を初めて見たときのように、何かとんでもないことを言うだろうか？　これは一種の〝浦島体験〟に違いない。サヨから見れば「未来へのタイム・スリップ」であり、自分たち現代人から見れば「過去から来た人」の驚きを目の当たりにすることになる。自分はその現場に立会い、記録するのだ。

もちろん、サヨの反応のすべてが現代人の興味をそそるとは思えないが、それがお伽噺ではなく、生身の人間の実際の体験であることが重要だ。それを目撃しながら、文章に書く。たとえ記事として新聞に掲載されなくてもいい。人に読まれなくてもいい。稀有な体験を写し取っていくことで、貴重な何かが生まれ、そこに定着される。そういう記者としての得がたい体験が目の前にあったのに、それが最早手の届かない場所へ行こうとしている——塚本は、ハンドルを握りながら唇を嚙み締めていた。ここ数日、胸の中で風船のように膨れ上がってきた期待が、急速に萎えていくのがわかった。

その一方、こういう職業的葛藤とは別のところで、彼はサヨの愛くるしい丸い目を思い浮かべていた。自分は彼女を妹のように思っている、と塚本は考えていた。妹なのだから、別れるのはつらい。妹なのだから、行った先の相談所のことが心配だ。彼女の面倒を見る人は、いい人だろうか？　プライバシーが守られるだろうか？　サヨが自分に会いたい時、相談所は会わせてくれるだろうか？　また、その逆の場合はどうか？　差し入れはできるか？　悪い友人ができはしないか？　社会を知らない彼女に、団体生活などできるだろうか？　そして……イジメはないのか？

塚本は、サヨが同年代の若者から馬鹿にされ、イジメられることが心配だった。特に、「神さま」のことを口にするのが心配だった。彼女が自然と一体となった生活の中から感じ取っていた「神さま」が、現代の若者に理解されるとは思えなかった。いや大人にさえ理解できるかどうか疑わしい。「神さま」のことをからかわれたサヨは、きっと口をつぐむ。現代人の即物的なものの考え方を教われば、自分の中にある「神さま」を否定するようになるかもしれない。そして、だんだん「見えるもの」「触れられるもの」「感覚に訴えるもの」しか信じなくなる——こうして、彼女の現代社会への適応が完了する……。

そういう変化を恐れる塚本も、サヨの心中にあるような「神さま」を信じているわけではなかった。しかし、サヨの信仰は、すべて形あるものには形のない精霊が宿っているという、日本古来の考え方と同じと思われ、それが自分の身辺からまた一つ消えていきそうなのが寂しかった。傍観者の自分は、それでも「寂しい」で済むかもしれない。しかし、十五年間、その信仰を身をもって生きてきたサヨにとっては、「過去を奪う」に等しい残酷な仕打ちではないか。サヨはその信仰があったからこそ、親を失ってからも、朝日連峰の厳しい自然の中で何年も独りで生きてこられたに違いない。信仰は、逆境や困難の中で人間を支える大切な役割をもっている。サヨにそれを捨てさせることは、彼女の危機を意味しないか？　自らの否定につながらないか？　——塚本の思考は堂々巡りを続けていた。

鶴岡市内から国道三四五号線を南下していくと、小真木原《こまぎはら》町の先で国道は右へ折れて湯田川温泉の方角へ向かう。その交差点を右へ折れずに進むと金峰山方面だ。この付近は、赤川の支流も流れる豊潤な土地で、その一角にサヨの潜んでいる農家があった。塚本が、その農家の庭先に車を停めた時、あたりにはもう夕闇が迫っていた。

農家の主人は村松益男といい、酒田市にいる塚本の母親の従兄弟で、六年前に還暦を迎えたが、いたって頑丈そうな男だった。村松の妻礼子は、一見して五十代半ばだが、実は夫と四歳しか違わなかった。塚本はこの村松夫婦に、自分の留守中のサヨのことは「家からあまり出さないように」という以外は、特に何も頼んでいなかった。まったくの他人ではないのだから、いずれ機会を見てサヨについて詳しい事情を話そうと考えてはいたが、サヨが来てまもないドタバタの中で、複雑な話をゆっくりする時間の余裕がまだなかった。

——しかし、事情が変わってきたな……。

と塚本は思った。

「サヨを早急に児童相談所へ引き渡す」という社の決定が下された今は、余計なことを話さない方がいいかもしれない、と彼は思った。当初、村松夫婦に伝えておいたのは、サヨは「少し物事の理解が遅い」「知り合いの娘」であり、事情があって短期間、お世話になるということだけだった。彼女が翌日家を出ていくなら、それだけで充分ではないか。事情を知れば、村松夫婦も心に負担を感じるだろうし、児童福祉法の規定にも縛られることになる……。

塚本が玄関の引き戸を開けると、焼き魚と味噌汁の匂いに包み込まれた。

「いま帰りました」

と言って、後ろ手に戸を閉める。目の前にスッとサヨが現れた。

「ケイゾーさん、お帰り」

上り框《かまち》の上に立った彼女の顔は、妙に色っぽかったが、逆光線のため細部はよく見えない。

「どげしたなや、サヨ……」

と言いながら、塚本は体を回して上り口に腰かけ、靴を脱いだ。再び立ち上がった時には、サヨの姿は見えなかった。

「食事《まま》、食《く》てきたがー?」

居間の方向から、村松礼子が声を張り上げるのが聞こえた。

「もっけだの（すみません）、まだだ!」

と塚本も大声で答え、廊下を歩いてサヨの姿を探した。

そこにも彼女の姿はない。

居間へ行くと、大型の食卓をはさんで村松夫婦が座っていた。

「ただいま、帰りました」

と塚本は、自分を見上げた主人の村松に挨拶した。

「お帰り」

と言った村松の口元が、なぜか笑っている。

「サヨはどうしたなだ?」

と塚本は訊いた。

背中を向けていた礼子が、彼の方に体をひねって、

「しょすさげって、顔洗ってんなや」(恥ずかしいからって顔洗ってるよ)と答えた。

塚本がその意味を分かりかねているのに気がついて、礼子は説明した。

「化粧の仕方どご教えでやったば(化粧の仕方を教えてやったら)、あんたさ見せるて言ってたんだども……」

塚本はそれで、サヨの顔がいつもと違って見えた理由が分かった。彼女が化粧に興味をもつなど考えもしなかった彼は、何か拍子抜けした。

――女の子は、昔も今も同じだ……。

考えてみれば当たり前のことだが、それを予想できなかった自分のうかつさが、滑稽だった。

「ケイゾーさん、おぼげだが（驚いた）？」

次の間の襖の陰に、化粧を落としたサヨが上目遣《うわめづか》いをして立っていた。

塚本は、自分の狼狽を隠そうとして声を出して笑った。

村松の家は伝統的な様式の二階家で、いくつもある和室が廊下で結ばれていた。塚本は車中、その中の自分が借りている部屋で独りで食事しようと思っていたが、村松夫婦が自分の帰りを待って食事をしていないことを知り、四人一緒の晩餐を断ることができなくなった。この夫婦との食事は、サヨを連れてきて以来これが初めてだった。だから、二人からサヨのことをいろいろ聞かれるのを覚悟しなければならない、と塚本は思った。その時は、記者という自分の仕事の複雑さを説明して、「詳しいことは今、話せない」と言うほかないだろう。が、サヨ自身がいろいろと妙なことを言い出す心配があった。いや、もしかしたら、自分がいない間に、彼女はもう村松夫婦に色々しゃべっているかもしれない。塚本はそれを確かめたかった。

村松礼子が夕食の配膳のために台所へ立っていくと、サヨは手伝うべきかどうか気を回している様子だ。そんな彼女に、塚本は声をかけた。

「サヨ、ちょっとばし話あんなんだども（ちょっと話がある）」

「なんだや、ケイゾーさん？」

サヨはくるりと彼の方に向き直った。塚本は、彼女を廊下に連れ出し、耳元で囁いた。

「おめ、山で独りでいっだころの話どご、もうこの家の人にしたなだが（山で独りでいた頃の話は、もうこの家の人にしたのか）？」

彼女は、丸い目を見開いたままこっくり頷いた。

塚本は、続けて訊いた。

「どこまで話したなや？」

サヨは、笑顔になって言った。

「母ちゃんのごど、父ちゃんのごど、ケイゾーさんのごど……いろんだごど……」

　塚本は戸惑っていた。サヨがそれほど話し好きとは知らなかった。彼女は自分にはよく話しかけたが、長沼や郷太爺さんの前では静かだった。が、とにかく、村松夫婦に事情を知られているなら、もう隠し立ては無用だった。

　ところが予想外に、夕食の間、村松夫婦は目の前にいるサヨのことを話題にしなかった。その代わり酒田市にいる塚本の両親のことや、すでに家を出て働いている自分の二人の子どものこと、最近見つけた大山《おおやま》地方の銘酒のことなどを話した。夫婦はもちろん、塚本が新聞記者であることを知っていたから、事情を察して話題を選んでいることは明らかだった。村松礼子はサヨのことが気に入ったらしく、この少女が話を理解していない様子を見て取ると、時々簡単な解説まで付け加えてくれた。

　夕食が終りに近づいた頃、塚本はサヨの方を見ながら口を開いた。

「この子のことだども……」

　言うべきことをきちんと言おうと思ったのだ。

「本人がら事情を聞いでっど思うんども、どうが他《ほか》の人さは内密にしでおいでくれ。人がら訊がれだら、僕の知り合いだどいうごどで……」

村松礼子は何か言いたそうだったが、右手を上げて制止する夫に従って、黙って頷いた。サヨは、その様子を興味ありげに眺めていた。

サヨのために借りていた部屋は二階にあり、塚本はその晩、廊下を挟んだその向かい側の部屋で眠ることになっていた。が、眠る前に、翌日のことをサヨにきちんと話しておかねばならない。食後しばらくたつと、彼は、居間でまだテレビを見たがっているサヨを追い立てるようにして二階へ連れて行き、「だいじな話がある」と言って彼女を部屋の真ん中に座らせた。

サヨは、きょとんとしている。

塚本は単刀直入に言った。

「サヨ、ここでの勉強はもうおしめだ（もうおしまいだ）」

サヨは、その意味が分からないという顔をしている。

塚本は続けた。

「あした、別の場所さ行って、それがらは別の人の世話になる」

サヨの表情が曇った。

「ケイゾーさんは、いっしょだんでろの（一緒でしょ）？」

と、サヨはゆっくりと訊いた。

「あしたは一緒だ。んだでも、あっちさ行ったら帰る」

と塚本は言った。

「どうしてや？」

とサヨが言った。

それは、塚本が最も恐れていた質問だった。この時、帰途の車中で用意しておいた「説明」など役に立たないことが、彼には分かった。法律のこと、児童相談所のこと、自分より適当な専門家がそこにいること、仲間もいるし、マスコミの取材も制限されること……そんなことを彼女に話しても分かるはずがなかった。サヨの目は、そういうもろもろの「説明」を求めているのではない、と塚本はその時感じた。もっと直接的な「答え」を求めている。

——私を棄てるの？

と、彼女の丸い目は訊いていた。

「サヨ……」塚本は感情を抑えながら言った。「おれはおめどご（お前を）棄てだりしね」

彼女の目が輝きを取りもどしたようだった。塚本は勇気づけられて先を続けた。

「んだでも、こっちの社会だば約束事が多すぎで。いろんな人がいろんな約束をしながら生ぎでんなや。おれは、おめをそこへ連れでいぐ約束した。その方が、おめのためになんなだ。棄てんなでねぇ。必ず迎えにいぐさげ（棄てるんじゃない。必ず迎えにいく）」

そう言ってしまってから、塚本は自分の口から出た強い言葉に驚いていた。サヨは、頷きながら表情を和らげた。

21

翌朝早く、塚本の携帯電話に長沼から連絡が入った。

「産日の朝刊にサヨの記事が載っている」というのだ。しかも、その記事は、サヨをめぐる一連の出来事に関して山形合同新聞の取材方法や考え方を痛烈に批判しているという。

「君の立場から反論があれば、書いてみろ」

と、長沼は言った。そして「社の方針への批判だから、こっちでも書くべきことは書くから」と付け加えた。

村松家では産日新聞をとっていなかったので、塚本は近くのコンビニ店まで買いに行った。

問題の記事は、「山形版」の紙面に七段組み（縦二四センチ）で掲載されていて、見出しには「もっと現実直視の報道を　山形合同新聞の『森の奥から』」とある。長文の論説だが趣旨は明快で、大要次の三点にまとめられた。
①合同新聞が一ヵ月半もサヨの発見を通知しなかったのは、児童福祉よりも自社の利益を優先させた商業主義だ。
②少女は早急に専門家の保護下に置かれるべきで、社会復帰を最優先すべし。

③記事は全体に情緒に流れていて、現代の厳しい現実から目を逸らせている。

塚本は、「森の奥から」の記事にはこんな批判があるだろうと予測してはいたが、実際に大きな見出しをつけてはっきり批判されてみると、一種の〝打撃〟を感じざるを得なかった。特に、次のような言い方をされると、塚本は黙っていられない気持になった。

合同新聞の社説では、人間以外の生物を「人間と同等の〝命〟として尊敬し、育む」生き方や、「自然との共栄を目指して、人間が自然に歩み寄」ることが、地球温暖化時代の人類の望ましい生き方だと主張している。しかし、そういう生き方は、アニメや文学の世界では実現が容易でも、資源枯渇と人口増加の進む世界の中では、現実の政策として実現することは難しい。特に、高度技術・情報社会の発展や厳しい国際競争の中で国益を守るためには、人間以外の生物を人間と同等に扱うことは非現実的だ。また、「人間が自然に歩み寄」るだけでは経済発展はおぼつかず、SARSや鳥インフルエンザなど新しい感染症の危険が増大し、結局、人類の貧困や飢餓を拡大する恐れもある。

これはごく常識的な反論だ、と塚本は思った。常識的すぎて、何の解決にもならないと思った。これまでの人間の生き方を丸ごと容認したうえで、それを「現実」と呼び、そこから出ようとすることを「非現実的」として一蹴している。資源浪費、人口増加、高度技術社会、国際競争、経済発展……という現実が地球温暖化を生み出しているのに、その現実を変えようとすることを「非現実的」として否定するだけでは、現状擁護の論理から一歩も出ることができない。産日新聞が言っていることを煎じ詰めれば、「地球温暖化が現実なのだから、それを防ぐ努力は非現実的」ということになる。

塚本は、すぐにも反論を書きたくなった。が、その日は、サヨを児童相談所に連れていかねばならず、することが山ほどあった。彼は産日新聞を折りたたんで脇の下に挟むと、サヨの待つ村松家へと向かった。

◇

その頃、産日新聞の金森達二は、珍しく朝早くから仕事場に出勤し、二階の編集部の狭い床の上にいびつな円を描きながら歩き回っていた。目の前のデスク上にはスクラップ・ブックや書類が広げられ、ノートパソコンの白い画面では、細長いカーソルが所在なげに点滅していた。文字はほとんど入力されていない。

金森は昨夜遅く、本社のデスクから全国版にもう一本記事を書くように言われた。前日の社会面に載った「新聞社・少女を連れ回す」という記事に続いて二本目の全国向け記事だ。おかげで鶴岡に来て以来、久しぶりに〝全国記者〟になった気分を味わっていた。この日の朝刊の山形版に書いた七段組みの記事が、本社のデスクの目に留まったからに違いない。

「合同新聞の報道姿勢を批判しながら、わが社の現実主義を明確に打ち出した解説記事を書いてほしい。署名入りだ」

そんなデスクからの注文を、金森は言下に引き受けた。

——ここで名前を売っておけば、本社への復帰の道も拓かれる。

そんな考えが一瞬、彼の脳裏を過《よ》ぎった。

産日新聞は、旧称が「産業日日新聞」であったことから分かるように、経済や産業に関する報道に長けており、産業界とのパイプが太い。そんな環境で記者として経験を積んできた金森は、産業界では「自然にやさしい」とか「人と自然の共存」などというスローガンには、適当につき合っていればいいとする考え方が根強いことを知っていた。自然尊重の考えは素人受けするから、消費者向けPRには有効である。しかし企業活動の基準ではない。産業人は、刻々と変化する国際情勢や政治・経済環境の中で、取引の安全を確保し、現実に原料や資材を調達し、さらに他社との競争に勝ち残っていかねばならない。そのためには、「人と自然の共存」などとは違った行動基準があることは、金森でなくとも産日の記者なら十分わきまえていた。だから、そういう現実主義に立って県版に書いた自分の文章が、本社のデスクの眼鏡にかなったのだ、と金森は思った。今度は、前の記事と同様の内容を全国版用に、角度を変えて書けばいいのである。彼はそこまで分かっていたが、記事の「書き出し」に必要な言葉が見つからず、室内を歩き回っていたのだった。

金森はその時、合同新聞の車を追跡した際に初めて見た少女のことを思い出していた。浅黒い顔の中で、丸い目がきらきら光って自分を見た。「自然児」というよりは、どこにでもいるスポーツ好きの中学生の顔だと思った。あんな子供を一ヵ月以上も放っておいて取材を続ける新聞社は、やはりどうかしている。あの子は、山の生活にこだわった時代遅れの親の犠牲者であり、環境問題とは何の関係もない。そんな不幸な少女を、合同新聞は好き勝手に利用している。同業者として「それは赦《ゆる》せない」という気持が湧いていた。

金森はいきなり立ち止まってデスクの前へつかつかと歩み寄り、パソコンの白い画面に向かった。

それから約一時間たって、彼はこんな記事を書き上げた。


ハイテク時代の日本にも〝秘境〟はあった。しかも、少女が独りで棲んでいた——そんな内容の記事が、東北の地方紙『山形合同新聞』に掲載されるようになって一ヵ月以上たった。記事には、少女の名前が「S」という以外は、時間や場所など具体的事実の記述がほとんどなかったから、多くの読者はそれを小説の一種と考えた。ところが最近、同紙は「少女は実在し、社で保護している」と発表した。保護の理由は、報道機関の取材攻勢から少女を守るためだという。報道機関である新聞が、取材対象を報道機関から守るというのは奇妙だ。そこで山形県では今、未成年者の保護とメディアの報道姿勢の関係、さらには長年、山奥で生きてきた自然児を社会がどう扱うかをめぐって、ちょっとした騒ぎになっている。

本紙はすでに一昨日の記事で、今回の山形合同新聞の取材方法には児童福祉法違反の疑いがあることを指摘したが、指摘を受けた合同新聞は同日、山形県庁で記者会見し、「できるだけ速やかに法律に定められた義務を履行する」ことを表明した。これは同法第二十五条に、身寄りのない未成年者を発見した場合は、福祉事務所など公的機関に通告する義務が定められているのに、それを怠ったことを自ら認めたもの。

その理由について、合同新聞の前田重夫・編集局長は「不慣れな環境で好奇の目にさらされることは好ましくないと判断した」と述べている。会見でのやりとりなどから判断すると、この「好奇の目」とは、マスメディアの報道姿勢のことらしい。しかし、それでは一つの報道機関が、他の報道機関の仕事を規制することになる。そのために法律上の義務を怠ることは、決してあってはならない。

合同新聞が、そこまでして記事を書いたのは、この少女が「地球温暖化時代に人類が目指すべき目標」を示しているからだという。その目標とは「自然との共栄を目指して、人間が自然に歩み寄り、また譲歩する中で得られる一体感」らしい。同紙はまた、「多種多様の動植物から恩恵を受けるだけでなく、それらを人間と同等の〝命〟として尊敬し、育む生き方」の中に幸福があり、これからの人類は、そういう幸福を目指すべきだと主張する。

しかし、このような生き方が人類の幸福を保証するとは思えない。人類は確かに自然の一部であり、自然界の恩恵なくして生存は難しい。が、人間は何の努力もせず、自然から文字通り「自然に」恩恵を受けてきたのではなく、太古には生命の危険を冒して狩猟や漁労を行い、人間の手のつかない山や森を自ら汗を流して開墾し、農作物を育てるなど、自然を積極的に利用し改変することで生存と発展を続けてきた。これが太古からの人間の生き方であり、それ以外の生き方を我々は知らない。

人間には、他の生物と同様に種族保存の本能があり、これも自然の一部だ。人類が有史以来、ヒトという生物種の保存のために他の動植物や菌類を犠牲にして生きてきたのは、だから生物界の原則通りの「自然な」生き方であるとも言える。

山形合同新聞は「自然との共栄を目指して、人間が自然に歩み寄り、譲歩する」ことが必要だと主張するが、人間は自然に歩み寄らなくても、すでに自然の一部である。自然の一部だから、人間の中に自然界の原則である生存競争がある。そういうナマの欲求を昇華するために我々はスポーツを楽しみ、より良い農産物や工業製品を生み出して来たのではないか。そう考えると、人間が「自然に譲歩」したり、人間以外の生物を自分と「同等」に扱うような生き方は、かえって自然に逆行するとも言えるのである。

確かに人類は産業革命以来、驚異的な力を獲得した。現代の科学技術は、原子力の利用はもとより、生物の基本構造である遺伝子の改変を可能にし、ナノテクノロジーや新素材の開発で、かつて自然界には存在しなかった生物や物質を続々と生み出しつつある。が、これらのものもよく考えれば、自然界の一部である人間が作り出しているのだから「自然」であるとも言える。

人間の技術開発に全く問題がないとは言わない。自然の改変には、一定の順序と限界があるに違いない。また、改変が行われる過程では、気候変動や災害の増加など、一時的乱れや無秩序状態が現れるかもしれない。が、自然界は、そういう変化を呑み込んで発展してきたのではないか。我々はリスクを恐れるだけでは前へ進めない。リスクを恐れるあまり、技術を拒否して太古の生活へ後もどりするのでは、知性をもった生物としては責任放棄であり、人間の進化を否定するとは言えまいか。

人間の知性や感性や欲望も自然の一部なのだから、我々はそれを駆使して、できるだけ犠牲や混乱を避けながらも、しかしまず人類のために、その後に人類を取り巻く環境のために（この順序は逆転不可）、科学技術と文化を道具として前進するほかはないと思う。

山形県で発見された〝未開〟状態の少女には、だから早急に教育を受けさせ、社会復帰を果たさせるべきだろう。

（鶴岡通信部　金森達二）

金森は、自分の書いた記事を読み返してみて満足した。

これだけはっきり書けば、ムードが先行している現在の〝自然共生派〟に対して、冷水を浴びせる効果はあるだろう。

――ただし、本社がこの文章をそのまま認めればの話だ。

と金森は思った。

彼は、こういう考え方が一般にはあまり人気がないことを十分了解していたし、新聞社もまた顧客の好む記事を必要とすることは自明だった。本社のデスクは、表現を少し和らげる修正はするかもしれない。それはそれでいい、と彼は思った。とにかく、自分の署名記事が一本でも多く全国版に出ることで、可能性が広がることは確実だからだ。

22

塚本敬三は、コンビニ店で買ってきた産日新聞の朝刊を持って、息を弾ませながら村松家の玄関をくぐった。

児童相談所へは前日にサヨを連れて行くことを知らせてあった。この相談所は鶴岡駅の近くにあり、村松家からは車で二十分ほどで行ける場所だ。だから、その気になればサヨを引き渡すことは簡単だった。何しろ彼女の持ち物はほとんどないから、体だけそこへ行けばいい。準備することがもしあるならば、それは彼女の心の準備であり、また塚本自身の心の整理なのだった。

児童相談所には、サヨを「午後に連れて行きます」と言ってあった。塚本はだから午前中は、別れる前の準備に費やすつもりだった。その準備とは、サヨの視点を知り、そこから現代社会を見ることだ、と塚本は思った。彼はまだ彼女の記事を書くつもりだった。現代を知らない少女の視点から消費社会を描くことで、学ぶことが数多くあるに違いないと考えていた。

塚本には、サヨの信仰は個人を超えた重要な意味——大げさに言えば、文明的な意味——があるように感じられた。現代社会では、サヨがもつような自然への信仰は大方失われてしまっているが、そのことと、大量生産・大量消費の現代文明の到来とが密接に関係していると感じられた。

現代人は、ものの価値は需要と供給の関係——つまり、人間が何かを「ほしい」と思う欲望と、与える側が対価を求める心のバランスによって決まると考えている。それは、人間が「ほしい」と感じる程度によって、ものの価値が決まるという考え方だ。逆に言えば、人間がほしいと感じないものは価値がないから、山や川や木や泉のように自然界で重要な役割を果たすものであっても、傷めたり破壊しても構わないと考えるのである。だから、「道路」や「鉄道」や「電線」のような人造物が、縦横無尽に山を貫通し川を渡り、尾根や平原の上に敷設される。土地の価値も同様に決まる。人間の欲望の充足により貢献する

「町」や「都会」の土地は値段が高く、人間の生活により忍耐と努力を強いる「山」や「山岳地帯」の土地には、ほとんど値がつかない。そして、欲望充足の障害となる環境を造りかえ、欲望を満たしやすくすることを「開発」といい「改善」といい、「発展」と呼んできた。

こうして営々として人間が造り上げてきた都会は、地下深くから地上数十メートルにいたるまで、見事に人造物で埋め尽くされた。地下鉄、地下街、アスファルト、線路、電柱、電線、鉄筋コンクリート、光ファイバー、塩化ビニール、人絹、人造皮革、鉛、水銀、ガラス、歩道橋、高架橋、立体交差路、広告塔、大型映像装置。そして、車、車、車……。自然物を排除し尽くした後には、人間同士の欲望がぶつかり合うほかはない。欲望が欲望を利用し、さらなる欲望を醸成する。ラッシュアワー、バーゲンセール、渋滞、事故、盛り場、喧嘩、売春、賭博、詐欺、薬物、酩酊、そして大量の廃棄物——これが、人間の欲望充足を優先して「改善」と「発展」を遂げてきた現代社会が生んだものだ。

何かが間違っていたのではないか？　その「何か」を教えてくれるものが、サヨのもつ信仰である——そんなふうに塚本は感じていた。自分は、サヨの生き方を取材する過程で、もしかしたらその「何か」を見つけ出すことができるかもしれない、と彼は期待していた。

村松家の和室の居間では、立て膝をしたサヨが食卓に両手をついてアルバムを眺めていた。その隣で、村松礼子が写真を指差しながら何か説明している様子だった。

「ただいま」

という塚本の声に、サヨが顔を上げて、

「あっ、ケイゾーさん、こっち」

と言って手招きする。

村松夫人は、困ったような顔をしている。

塚本が傍へ寄って写真を覗きこむと、サヨは指を突き出して得意そうに、

「これ、アカボウシ！」

と言って、写真の真ん中を指した。

そこには赤い円盤のような傘を広げ、白い軸をスラリと伸ばしたキノコが何本も写って

いる。村松夫人は塚本を見上げて、

「この子だば、これを食《た》べっど遠くさ行げるなんて言うなだけ」

と言った。そして、「毒キノコださげ、食べらんねって言ったなだ」と付け加えた。

それは、薄暗い森の中で、カメラのストロボに照らされて浮かび上がったベニテングタケの群生だった。

塚本はその時、サヨが両親の墓の前で白装束を着て祈っていたことを思い出した。小刻みに体を揺らしてトランス状態のようになっていたが、その理由は「アカボウシを食べた」からだと彼女は言った。それがこの毒キノコだったのだ。

「サヨ、いづだがこいどご食《く》たなだが（いつかこれを食べたのか）？」

と塚本は念を押すつもりで訊いた。

サヨは、こくんと大きくうなずいた。

塚本は首を横に振った。無茶なことをすると思ったのだ。が、先を急いでいた彼は、すぐに話題を変えた。

「サヨ、きょうはいっぺやっごどあっさげ（やること沢山あるから）、準備せや」

「どごさ行ぐなや?」

とサヨが訊いた。

「買い物だ」

と塚本は言った。そして、村松夫人の方を見ながら鶴岡駅前にあるスーパーの名前を告げて、

「ついでに買《か》て来るものあたら、言ってくれぇ」

と言った。

「何もねぇさげ、ゆっくりして来い」

と、村松礼子は腰を上げながら答えた。

塚本は、サヨが準備をすませるまで、玄関前に停めてある車の中で待った。車の後部座席には、カメラや鞄などの商売道具が置いてあり、トランクには、山からサヨを連れ出した時に使った潜水用具一式が、そっくりそのまま入っていた。サヨを相談所へ送り届けた後、酒田のマリンショップに返却する予定だった。

しかし、サヨのことを考えると、塚本は不安な気分になってくるのだった。実は彼は、

村松夫人がサヨに化粧などさせたことに少し腹が立っていた。きっと面白半分にやったのだろうが、今の中学三年生にならともかく、着飾ることを知らない小娘に、ずいぶん無神経だと思った。つい数日前まで、サヨは鏡さえ見たことがなかったのだ。それに、サヨが化粧に興味を示したことも心配だった。

新しいことに興味を示すのはいい。自分も学生の頃はそうだった。しかし、文化や知識の習得には段階や順序があるはずだ、と彼は思った。新しいものの洪水に無秩序にさらされると、行くべき場所とは違ったところに押し流されるかもしれない。それは、サヨが最初、携帯電話の中に人がいると考えたことからも分かる。現代文明の派手で、きらびやかな部分だけを表面的に覚えたとしても、背後にある仕組みや危険性を学ばなければ、予期しない落とし穴にはまることもある。そう考えていくと、自分がこれからサヨにさせようとしていることも、現代生活の学習のための正しい手順かどうか、塚本には怪しく思えてくるのだった。

車内でサヨを待つ時間が長引くにつれ、彼の不安は広がった。「現代文明に驚く自然児」——そんなイメージがどれほどの価値があるのだろう。人間は誰でも知らないものには驚く。しかし、仕組みや方法を知ってしまえば、もう驚かなくなる。そして、自分でそれを使うようになる。そんなことは時間の問題であり、自分がその驚きや衝撃を記事に書こうが書くまいが、サヨの人生や世界観は、やがて決定的に変貌する。そして、彼女は「現代文明」という大海の中に呑み込まれ、埋没し、姿を消していくに違いない。

その時、コッコッという硬い音がして、塚本は我に返った。サヨが白い歯を見せながら、助手席の窓ガラスを叩いていた。

塚本は、窓を開けた。

「ケイゾーさん、おっかね顔して何考えっだなや？」

と彼女は言った。

「ああ、サヨが。別に何でもねぇ。そいより、荷物もたが（荷物持ったか）？」

「おばさんがら、着物もらた」

サヨは、どこから手に入れたのか、手提げ鞄を持ち上げて見せた。多分、村松夫人の持ち物だ。塚本は、何も言わずに助手席のドアを開けた。

席につくなり、彼女は言った。

「お金もらた」

塚本は、車を発車させながらサヨに訊いた。

「なんぼもらたなや?」

彼女は紙幣を数枚取り出すと、得意になって数字を読み上げ、

「ゼロが三つあっさげ千円、それが五つ」

と言った。

——五千円ならいいか……。

と塚本は思った。多すぎたら困ると思ったのだ。自分は一万円ほど渡すつもりだったが、千円札の方が買い物には便利かもしれない。釣銭の計算もしやすいだろう。

「ケータイも持たが?」

と塚本は言った。

「うん。ここさある」

と答えながら、サヨは鞄の中から機械を取り出し、

「これでケイゾーさんど、いづでも話せる」

と言った。

塚本はその時、サヨを相談所に渡した後に、彼女と携帯電話で話をしたり、メールのやりとりをすることが、何か恐ろしく無駄なことのような気がした。サヨはこれから始まる新しい生活を、どんな気持で待っているのだろうか。見るもの聞くものがすべて新しい世界なのだから、海外へ初めて出た人のように、新しいことを積極的に吸収し、古いものを惜しみなく捨てるのだろうか。それなら、自分が今やろうとしていることは徒労ではないか。児童相談所は「現代生活への適応」を最大の目的としてサヨを教育するだろう。それが児童福祉だからだ。現代生活に適応しようとしている彼女に、自分は何のために電話をかけ、メールを交換するのか。また彼女は、何のために自分に連絡するのか。離れたところにいる人間に何かを言うより、相談所の指導員に直接相談する方が簡単だし、効果的ではないか。

塚本は、心の底で何か嫉妬のようなものを感じながら、サヨに言った。

「サヨ、山さはもう帰りでぐねが（山へはもう帰りたくないか）？」

助手席の彼女から返答はない。車の進行方向の建物群の上から、買い物をする予定の店の広告塔がチラチラと見え隠れし、それが次第に大きくなってきた。

「ケイゾーさんどいっしょだば（一緒なら）、帰りでぇ」

サヨが低い声で言ったのが聞こえた。

「山だばさびしぐで、面白ぇものは何にもねぇ」

と塚本は言った。

「山どごは違う」（山とここは違う）とサヨは答えた。

「どう違う？」

前方を見つめる塚本の左頬に、彼女の視線が感じられる。

「山はおれの家……」

塚本は、その言葉の意味を分かりかねて訊いた。

「家は狭っこぐで窮屈だろ？」

サヨはポツリと言った。

「誰でも夜、家さ帰る」

塚本はそれを聞いて「山には誰もいない」と言おうとしたが、その言葉をぐっと呑み込んだ。残酷な言葉であることが分かったからだ。自分は彼女を「棄てない」と言っておきながら、山に再び置き去りにするつもりか、と思った。「棄てない」という約束を守るつもりなら、彼女と一緒に山へ帰るか、町に残って彼女の里親にでもなる以外ないだろう。しかし、自分にはそんな心の準備はできていない。そう思う一方で、塚本はサヨが言ったこと――自分と一緒なら山へ帰りたいというのが、彼女の本心かどうか確かめねばならないと強く感じた。

塚本の運転する車は、目的のスーパーの駐車場へ入った。

「大《お》っきだ四角い家だのぉ」

とサヨが、窓から建物を見上げて言った。

その言葉を聞きながら、塚本は自分の頭を切り替えようと努力していた。記者としての自分は、あくまでも彼女に買い物をさせて記事を書き上げろ、と言っていた。しかし、もう一人の自分は、彼女の本心を確かめ、彼女が本当に望むことをさせてやれ、と言っていた。

車は駐車場に停車した。

塚本は、何かを吹っ切ろうとして力を込めて言った。

「さ、サヨ。これがら買い物だ！」

彼は新聞記者にもどっていた。金森達二の、無批判の現代文明肯定論に一矢を報いることが、記者として自分ができるもっとも有効な方法だと思った。自分はサヨを利用するのではなく、彼女の守ってきた価値を読者に伝えるのだから、サヨのために仕事することにもなる。記者は、ものを書くことで目的を達する以外にない――塚本は、自分にそう言い聞かせていた。

23

スーパーマーケットには、客は多くいなかった。

平日だったのと、開店まもなくで、昼の買い物の時間まで多少余裕があったからだ。サヨは、店内は昼間なのに「夜の光」が多く使ってある、と不思議そうな顔をした。それは蛍光灯のことだった。特に食品売場で蛍光灯が多用されていることを、「野菜や魚の死体が転がっている」と気味悪がった。彼女は予想どおり、土のついてないピカピカの野菜を見て驚いたが、ガラスケースの中の赤肉をしげしげと見つめながら「肉に血がついていない」と不思議がったのは予想外だった。また、野菜やキノコ類に「匂いがない」と不満を漏らし、その代わり「木の精」のような匂いがすると言った。塚本はそれを消毒用の薬品のことだと理解した。

生鮮食料品に対するサヨのこんな違和感は、しかし加工食品のところへ行くと吹き飛んでしまったようだ。何せサヨの知っている加工食品とは、魚や野菜、木の実など、ごく一部の食物を乾燥させたものだけだった。だから店内で見るもの、手に取るものほとんどすべてが珍しかった。サヨは、ソーセージやハム、焼き豚、バターやチーズ、缶詰や瓶詰類を見るのが初めてだった。胡椒、麺つゆ、醤油、たれ、出汁《だし》などの調味料も知らなかった。寿司やパックされた惣菜類、各種の弁当類はもちろん、キムチ、納豆、豆腐、しらたき、こんにゃく、揚げなどを見るのも初めてだった。

塚本が意外に感じたのは、彼女が各種の清涼飲料に興味をもったことだ。中でも、店で水を容器に入れて売っていることを不思議がった。町の周囲の山々には川が流れ、泉が湧き、池や湖があるのに、なぜ水を売るか分からないのだ。そして塚本の説明を聞くには聞いたが、よく理解できないようだった。また、村松家でジュースを飲んだ経験はあったが、炭酸飲料を知らなかった。そういう様々な飲料が、色とりどりの缶やペットボトル、紙容器に入れて売られているのを驚き、そんなに多くの種類の〝色水〟を人間が飲む理由がよく分からない様子だった。「おいしいから」「味や香りを楽しむため」「栄養があるから」「好きだから」……塚本はそんな当たり前の理由を列挙してサヨに説明したが、彼女は合点がいかない表情をしていた。

塚本は、その理由を考えた。すると、自分が「当たり前」だと思っていた前提が、山奥の生活には欠けていることに思い至った。その前提とは、「水以外の飲料がいくつも存在している」ということだ。飲料としては水しか知らない山奥の生活者にとっては、水は体に「必要だから」飲むのである。その「必要」の中に、「おいしい」ことも「味」も「好き」もすべてが含まれているのだ。水は肉体の維持にとって必要だからおいしく、かつ味わいがあり、だから好きなのだった。「必要」以外の理由で飲料が飲める環境を、サヨは知らなかった。それに気づいた塚本は、彼女が現代人と比べて驚くほど貧しい生活をしていたということを、改めて思い知った。

考えてみれば、そんなことは彼が山奥でサヨと一緒に暮らした時にも感じていたはずだ。しかし、こうして各種の飲料が豊富に並んだスーパーの店先で目を丸くするサヨを見ていると、塚本は「自然は豊かだ」とする自分の考えに、不安を覚えた。飲み物だけでなく、食べ物も衣服も、生活用品も娯楽も、山奥では恐ろしく欠乏している。それを「豊かだ」というのは詭弁だ。自然が豊かなのは、人間の生活にとってではなく、人間以外の生物にとって利用価値のあるものが豊富にあるという意味なのだ。飲料は「雨」として、「川」として、「湧き水」として、「湖」としてほとんど無限に豊富にあり、それによって無数の生物が養われている。しかし、人間はそれに満足せず、かくも多様な〝味つき水〟を考案して、スーパーマーケットの棚に並べている。文明は、生物全体のために存在する天然資源を、人間が利用できる形に、否、人間だけが楽しめる形に次々と変えてきた。水ばかりでなく、あらゆる資源が、同じように、人間だけのために自然から引き剝がされた。だから人間の数が増えると、その過程で多くの生物が死滅した。彼らが自然界で利用できるものを、人間が次々と奪い変形させ、利用不能のものに変えてしまったからだ。

塚本は、サヨの背後に立って観察を続けていた。彼女は清涼飲料の容器を持って、中身を透かして見ていた。飲料の透明容器に色がついていて、飲料自体にも色がついているのを眺めながら、その二つの色の重なり具合を見て「きれい」としきりに感心していた。

人間は誰でも、目に見て美しいもの、口に入れて美味しいものを喜ぶ、と塚本は思った。それがたとえ自然とは関係が薄く、自然を犠牲にしているものでも歓迎する。サヨの仕草は、そのことを如実に語っていた。感覚に快いものを愛することは、何も人間だけでなくすべての生物に共通する習性だ。だが、人間以外の生物は皆、自然界の自然状態で満ち足りている。ところが人間は知性と道具を使って自然状態を改変し、時には自然界に存在しないものを作り出して、感覚を喜ばせようとする。自然状態に満足せず、自然を利用して、自然を超えるものを造ろうとする。

サヨは、塚本の立っている場所から数メートル先に移動して、まだ飲料の容器を眺めていた。が、しばらくして、売場から小型のペットボトルに入った飲料を取り出すと、自分の持っている買い物籠の中に静かに収め、塚本の方を見てニッコリ笑った。

——これを買う。

と、その目は言っていた。

塚本はその時、サヨがあの山奥の貧しい環境の中でも、暇を見つけて手芸のようなものをしていたことを思い出した。あんなふうに、わざわざ自然を加工して人工物を作る。それは恐らく、人間の本質的行動なのだ。だから、現代人が色つきの飲料を作り、それを色つきの容器に入れて売るのも、人間としての自然な行為に違いない、と塚本は思った。

と、サヨが彼のそばへ来て、困ったような顔つきでこう言った。

「ここさあるもの、全部買わいんなんば買いで（全部買えるなら買いたい）」

目は笑っていたから、冗談のつもりであることは分かった。しかし塚本は笑えなかった。たとえ冗談でも、現代人と同じ旺盛な所有欲を示すような言葉を、サヨが簡単に口にしたことに衝撃を受けた。

塚本は訊いた。

「全部持って帰って（全部持って帰りたい）という意味だが？」

「んでねぇ」

とサヨは首を横に振った。そして、「山の母ちゃん、父ちゃんさ見せっでぇ（見せたい）」と言った。

それを聞いて、塚本はホッとした。彼女は、店の商品全部を自分のものにしたいのではなく、死んだ父母に珍しいもの、美しいものを全部見せてやりたいのだった。

気がつくと、サヨの表情が暗い。

「どげしたなや、サヨ？」

と塚本は言った。

「父ちゃん、母ちゃんのどごさ行ぎでぇ……」

と、彼女は低い声で言った。

「山さ帰《けえ》りでなだが？」（山へ帰りたいか？）

と塚本は訊いた。

サヨは大きくうなずいて、

「この町であたいろんだごど（あったいろんなこと）、みんな話しでぇ」

と言った。

塚本は、サヨが毎朝、両親の墓の前で祈っていたことを思い出した。あの場所へ帰って、ここ数日の出来事を報告したいと言っているのだ。

塚本は複雑な気持だった。新しい経験を父母に話して聞かせたいのは、子供としてまったく自然な感情だ。しかし、その両親がずっと前に亡くなっていても、人間は同じ感情を抱き続けるだろうか。ひょっとしたら、本当はサヨはもっと別のことを言いたいのではないか？

しかし、いろいろな疑問をそのままにして、彼はサヨを促して商品の精算をするためにレジへと向かった。その途中、菓子売場でチョコレートを取ってサヨの持っている籠に入れた。その強い味と香りのことを考えると、まだ菓子をよく知らない彼女には少し刺激的かとも思った。しかし塚本は、自分を思い出してもらうために、彼女の心に強い印象を残しておきたかった。「生まれて初めてチョコレートを味わわせてくれた人」——それでいではないか、と思った。自分は結局、サヨに何もしてあげられなかったのだから……。

庄内児童相談所は、鶴岡市の北東の端の開けた平地にある。住所は「道形町《どうがたまち》」だ。近くを赤川とその支流である内川が流れているが、昔はこの周辺で川がよく氾濫したため、最上義光の時代に、もっと南方（山側）にある朝日村の熊出《くまいで》で大工事を行い、現在の赤川の流れができたという。内川は現在、鶴岡の中心部を大きく蛇行しながら南から北へ流れているが、上内川橋の近くで、南方から来るもう一本の川、新内川と合流して太くなる。そして、さらにこの道形町の北側で赤川と合流するのである。だから、この周辺には二つの川が運んできた土砂が集まり平地が形成され、現在はそこに工業団地ができている。川上の方向を見渡せば、遠く月山が望める。

塚本敬三は助手席にサヨを乗せて、酒田街道と呼ばれた旧国道七号線を大宝寺から北へ向かって走っていた。ＪＲ羽越本線の線路を越えると道形町に入り、そこから児童相談所へは五分もかからない。塚本は、鶴岡警察署のある交差点で車を右折させると、時計に目をやった。

——午後一時二十分。

相談所の職員は、もう午後の仕事についているだろう。

車のスピードが落ちていた。塚本はそれに気づいたが、交通量がほとんどなかったので、そのまま速度を変えずに進んだ。左手に工業団地の一角が見え、ゴツゴツとした金属質の建築物が近づいてきた。その向かい側に児童相談所があるはずだった。やがて右手に横長の緑色の看板が現れ、「庄内児童相談所」と「鶴岡乳児院」という文字が読み取れた。その角を右折すれば、目的地に着く。

塚本は、サヨに最後に何か言おうと思って、車を道路の左側に寄せて停めようと思った。が、その時、緑の看板のある道路に、見慣れた型のSUV車が停まっているのに気がついた。横腹にテレビ局の大きなロゴマークの一部が見える。

——まさか……。

と、彼は思った。

そのSUV車の陰から、テレビカメラを担いだ男とマイク係の男が出て来て、相談所の門とは反対方向に——つまり、塚本とサヨの乗った車の方へ歩き出した。

——ここで停まってはいけない！

と塚本は思った。

走っていた車が急に停まれば、かえって人目につくからだ。

彼は、曲がるはずの交差点をスピードを変えずに直進した。その時、視界の右端でとらえたものは、相談所の門の前に並んだ何台もの車だった。衛星放送用のパラボラ・アンテナを積んだ車も見えた。記者らしい恰好をした何人もの男女の姿があった。

道路は、相談所の敷地と、それに隣接する県立総合療育訓練センターの敷地を過ぎた所で行き止まりとなり、そこから左右いずれかへ曲がらねばならない。塚本は、訓練センターの裏手を通る右側の道を選んだ。そして、スピードを上げて南へと向かった。とにかく、この場を早く離れようと思ったのである。

しばらく走って畑の脇に車を停めると、塚本は支局の長沼章二に電話した。

「相談所からか?」

と、長沼はいきなり訊いてきた。

塚本が「いや、その近くの道路脇です」と答えると、長沼は一気にしゃべった。

「すまん、すまん。立て込んでたもんで連絡が遅れた。誰かが相談所に問い合わせて、彼女が行くのが今日の午後だと連中に分かったらしい。それに、県庁の記者会見に週刊誌が来ててね、妙な記事を書きそうだ。私に電話で取材してきた。たった今だ。現場に牧野を行かせてるが、逢ったか？」

「いや……」

「そうか。とにかく今はマズイから、いったんもどれ。例の〝隠れ家〟でしばらく待機しててくれ」

「わかりました」

電話を切った塚本は、しかし腹が立っていた。

午前中いっぱい時間があり、部下が何人もいるのだから、今の今まで連絡できなかったはずはない、と思った。こういう取材攻勢を自分が一番嫌だと言っていたくせに……。塚本は、長沼への信頼感が浜辺の波のように引いていくのを感じていた。

彼は、助手席にいるサヨの方を向いた。

「サヨ、山さもどっぞ！」

「ほんとで、ほんとだが？……」

とサヨは嬉しそうに目を輝かせた。

塚本自身、何をしようとしているのか、はっきり分かっていたわけではない。が、長沼が使った「隠れ家」という言葉が彼の背中を押した。自分とサヨの隠れ家は、村松家である必要はなかった。潜水用具は車の中に揃っているし、「しばらく待機しろ」と上司が命令したのだ。自分はそれに従う——それでいい。冷たい八久和ダムの貯水湖の水が、懐かしく思い出される。

彼は、赤川の河川緑地沿いに国道一一二号線を南へ走った。朝日村の方向だ。そして、「この緑地の豪華な桜並木とは、しばらくお別れだな」と思った。

24

サヨと塚本敬三が人々の前から姿を消したのは、平成十六年の夏だった。翌々年の春に、長沼章二は山形合同新聞の編集局長となって鶴岡から山形市へ仕事場を移した。誰の目から見ても栄転であるが、当の長沼は鶴岡を離れるべきかどうか、ずいぶん悩んだすえの決断だった。

鶴岡支局長の後任は沢田正志《まさし》という男で、本社の社会部長だった。長沼は、沢田を信頼していないわけではなかったが、何ごとにも興味をもつ男だったので、自分と塚本が世間を騒がせた問題を再検証したりする可能性が気になっていた。長沼は、失踪した二人をそっとしておいてあげたかったのである。あの一件は大ニュースになったものの、取材源と取材記者の双方が失踪するという、新聞社としては世間に顔向けできない一大スキャンダルに結びついてしまった。その後、鶴岡市近郊では全国紙やテレビ局も加わった「秘境探し」が大々的に展開され、特に八久和ダム周辺は空からも陸からも探索された。その結果、三棟の古い家屋を含むサヨの住んでいた集落跡は発見されてしまった。が、そこに二人はいなかったのである。

それから一年半を過ぎても、二人の消息は不明のままだ。が、サヨのいた集落跡は全国に宣伝されて観光地の様相を呈してきた。山形県と鶴岡市は、そこを「サヨの里」として保存することに決めた。だから、サヨの両親の墓もそのまま保存されることになった。このことを長沼は誰よりも喜んだ。この決定に漕ぎつけるために、彼がどれほど尽力したかを知っている人は少ない。この土地は法律上、ダムを建設した電力会社の所有となっていたが、彼は、県有地に変更する方が電力会社のイメージ戦略としても、県の観光行政のためにも有効であると、合同新聞の紙面を通し、また鶴岡市観光協会を通して県と電力会社を熱心に説得したのである。そして、県の財政的負担を最小限にする目的で、現場保存をボランティアで行うための「サヨの里保存会」なる市民団体を発足させることにも成功した。山形合同新聞社が、この団体のスポンサーになったことは言うまでもない。

長沼が、「サヨの里」の保存に熱心だったのには理由がある。彼は部下の塚本の新聞記者としての手腕を高く評価していた。いずれは彼を山形市の本社に上げて、自社の主力記者にし、あわよくば自分の後継になってくれればと思っていた。その矢先に、塚本はサヨとともに姿を隠してしまった。そのわけを、長沼は理解できなくはなかった。が、彼という人間を信頼していただけに、失望は大きかった。

塚本は、取材対象である少女に近づきすぎていた。記者は、取材相手の〝本音〟や〝内面〟を引き出すために様々な工夫をする。しかし、それはあくまでも対象の本音や内面に社会性があるか、人間の切実な要求を体現している場合だ。個人的に相手の便宜を図ったり、相手の利益のために記事を書くことは記者のモラル違反である。そんな記事は大抵、上司であるデスクに原稿段階で発見されて、書き直しを命じられるか、あるいはボツになる。中には、書き方を工夫した利益供与の記事が紙面に載ることがあるにはある。が、それは邪道であることに変わりはない。多くの記者は、社会的地位のある政治家や経済人、芸術家、スポーツ選手、芸能人などのいわゆる〝有名人〟に対しては、モラル遵守を心得ていて、自らを律することでジャーナリストとしてのプライドと報道の中立性を維持してきた。しかし、社会的に弱い立場の人間が取材対象となると、そういうプライドや〝心のつっかえ棒〟のようなものが外れた情緒的な記事になることがある。正義感が強く、経験が浅い記者にありがちなことだ。この場合は、しかし大目に見られることもある。

新聞記者は、「正しい意見を正しいとして書く」だけでは足りない。世の中には、いかに正しい考えでも実現できず、受け入れられず、あるいは相手にされないこともある。否、むしろ「正しい意見」であるがゆえに社会に反映されないことの方が多いほどだ。正しさよりも、実現可能性や〝正しさのバランス〟が問題なのだ。

社会にはいくつもの正しさがあり、正義がある。だから、ある観点から見て「正しい」というだけでは、社会的正義を問題にするジャーナリズムで取り上げるものとは必ずしもならない。サヨのことでも、彼女が自然児として培ってきた感性やものの見方を守ってやることは、彼女が〝山奥〟で生活しているかぎり「正しい」に違いない。しかし、いったん現代社会に触れ、その中で今後も生き続けていく場合には、現代社会の価値観を理解し、それを吸収することの方が「より正しい」と言える。なぜなら、それ以外の生き方は法的にも、社会的にも、実質的に不可能――つまり、実現可能性がないからである。

塚本は、そのことを頭では理解していたようだが、サヨの人間的魅力と、恐らく若い彼自身のロマンチシズムから〝駆け落ち〟にも似た方法で、自分の仕事場と社会とを丸ごと放棄する行動に出た。長沼は、たとえ塚本がサヨと親しくなっても、記者としての中立性を重視して、ドラスチックな行動は思いとどまると考えていた。しかし結果的には、長沼は塚本を買いかぶっていたようだ。

長沼が鶴岡を去りがたく思ったのは、そんな失敗をした部下に対して、自分にまだ何かできることがあるような気がしていたからだ。あの集落跡に塚本とサヨはいなかったが、どこか別の山奥に、二人が肩を寄せ合って生活している場所があると彼は信じていた。逆にそうでなければ、敏腕記者がわざわざ仕事を棄てて少女と一緒になるはずがない。この件が一段落して、世間の目が集まらなくなった頃合いを見計らって、塚本はきっと自分に連絡してくる。長沼はそう考えていた。その時、サヨの生まれ育った土地がそのまま保存されているのと、開発行為によって別のものに変わっているのを比べた場合、前者の方がいいに決まっている。特に、彼女の両親の墓がきちんと保存されていることが、サヨの心の救いになることは容易に推測できた。また、塚本が仮に「仕事にもどりたい」と言ってきた場合でも、あるいは何か原稿を書いて持ち込んだ場合でも、そこにいる支局長がかつての上司であるのと、見知らぬ別人であるのとでは結果に大きな違いが出る——要するに長沼は、部下を失踪させた責任の一端は自分にもあると感じ、二人の手助けになりたかったのである。

しかし、二人の失踪から一年七ヵ月たった平成十八年二月になっても、塚本から連絡はなかった。いくら長沼でも、行方不明の部下のために出世をふいにするわけにはいかない。だから彼は三月下旬に、家族とともに予定通り山形市へ引っ越した。

山形合同新聞の本社は、山形市の中心部、山形城跡のすぐ近くにある。鶴岡支局が鶴ヶ丘城跡である鶴岡公園のすぐ近くにあるのと似た関係だ。だから、長沼はまったく別の町に来たという気がしなかった。ただ山形市は県庁所在地だけあって、鶴岡より何ごとも一回りも、二回りも大きかった。昇進した長沼にとって、そのことが胸を張って歩くのに最もふさわしい理由だった。

彼には編集局長としての新しい計画があった。それは、着任の数ヵ月前から準備を進めていた企画で、インターネット上の新聞記事の配信を「双方向化」することだ。これまでインターネット版の山形合同新聞は、紙に印刷した記事そのものか、あるいはそれを短く編集したダイジェスト版の記事を自社のサイトに掲示するだけのものだった。それを改め、一本の記事をインターネット上のブログの一ページに置き、読者からのコメントを受け付けるようにするのだ。これによって、読者の反応を直接素早く知ることができるだけでなく、読者の参加意識を満足させて、他社のサイトへ読者が流れていくのを防ごうというのである。こういう方式は、すでに一年ほど前から少数の新聞社で採用され始めていたから、山形合同新聞としても傍観していられなかった。

問題は、広告収入の減少だった。山形合同新聞では、紙の新聞による広告収入がインターネット版の新聞よりもまだ多かったが、減少傾向は明らかだった。その大きな理由は、インターネットで新聞を読む人の増加である。ネット上では、パソコンの一画面に何種類もの新聞の見出しを一覧させる無料検索サービスが人気で、それを利用する読者にとっては、紙の新聞は不要なのだった。購読者が減れば当然、紙の新聞の広告収入は減る。だから、他社とは違う特徴のあるサービスを提供しないかぎり、広告減収に歯止めをかけることはできないと思われた。

記事の双方向化には、しかし手間がかかるのである。読者からのコメントすべてに返事を書くことは、恐らく無理だろう。そのために専門の記者を配置する余裕がないからだ。すると、読者からのコメントに対しては、記事を書いた記者本人に返事を書かせるのが合理的だ。がその場合、記者の仕事が単純に増える。場合によっては倍以上に仕事量が増える可能性があり、本来の記者活動に支障が出る。また、コメントの質は玉石混淆だろうから、答えるべきものとそうでないものが出る。しかし、答えない理由を教えろと訊かれて「貴方のコメントには答える必要がない」とは書けない。何しろ、ネットの向うの相手は誰か分からないのである。こういう諸々の問題の解決を「ネット編集部」という新部門を設けて担当させるという案もあったが、やはり人員の問題で難しかった。

長沼は、外部ライターを使うことを考えていた。いわゆる〝出来高払い〟の臨時記者である。それも、ネット情報や技術面にもある程度詳しい書き手が望ましい。そういう書き手は、最近急増しているブロッガーの中にいるに違いなかった。ブロッガーとは、ネット上に公開する日記――ブログを書いている人のことだ。ブロッガーの探索は簡単にできた。いわゆる〝検索エンジン〟と呼ばれるネット上の検索サービスのサイトから、キーワードを使ってブログだけを検索することができる。それを使ってヒットするブログを読み、しっかりした文章の書き手を探せばいいのである。

この日の長沼の仕事もそれをすることだった。とは言っても、ネット上に無数にあるブログのすべてを一人で読むわけではない。人気のあるブログの順位を示すサービスもネット上にあったから、そういう道具を使って、めぼしいブロッガーを探しておくようにアシスタントの小泉に頼んであった。「めぼしい」という条件を、長沼は必ずしも明確にしておかなかったが、小泉なら適当な人物を見つけ出してくれるような気がしていた。

小泉容子は、山形合同新聞社の正社員ではなかったが、もう何年も文化・家庭面の小欄の執筆や企画取材の助手をしている。離婚して小学生の子供がいるから、フルタイムでは働けない。その代わり、自宅でノートパソコンを駆使して有用な情報を探し出し、記事に仕上げたり企画を作るのが上手だった。長沼は、支局長時代に鶴岡に住む彼女の妹を通じて情報提供者として小泉を知った。以来、インフォーマルな意見交換を通して、県政に対する〝主婦の視点〟を彼女から得ていた。そして今回、山形市に着任するのを機会に、自分の補佐役を小泉に正式に依頼したのである。ネットやブログに関しては、彼女の経験とセンスが必要だった。

その日、編集局長室に最初に入室したのが小泉だった。

「局長さん、今日はこの五人を選んでみました」

長沼が受け取った書類には、五つのブログのサイト名とそれぞれのアドレス、ブロッガーのプロフィール、ブログの傾向等が簡潔にまとめられている。

「ありがとう。これでずいぶん助かるよ」

と長沼は言って、小泉に感謝の笑顔を見せた。すると彼女は、

「それから、このブログ……ですが」

と言いながら、メモ書きをした別の紙きれを差し出した。

「前に局長さんが鶴岡でやってらした企画と、同じタイトルなんです」

小泉はそう言うと、首を少し右に傾け、上目遣いで長沼を見た。

長沼が「ああ、そう」と言って紙を見ると、「森の奥から」という横書の文字が目に入り、その下にブログのアドレスが書いてある。

――sayo-keizo.blogspot.com

「これは？」

と、長沼は驚いて小泉の顔を見た。

「内容も、どうも鶴岡のあの記事に似てるようですよ」

と、小泉は眉をへの字にして肩をすくめた。

「ウチの記事と比べてみたの？」

と、長沼は訊いた。

「ここには、鶴岡の記事はそろってないんです。でも憶えてますから」

と、小泉は言った。

長沼はこの時、「森の奥から」の記事はネット上からもすべて削除したことを思い出した。不名誉な企画だったからだ。しかし、自分で書いた記事は読めばすぐ分かる。

「わかった。ありがとう」

と言うと、小泉は小さく礼をして部屋から出て行った。

長沼はすぐに自分のデスク上のパソコンに手を伸ばし、電源を入れた。アドレスに示されたブログは、アメリカの大手ネット検索サービスが無料で提供しているサイトで、世界中からブロッガーが集まっているから、何ヵ国語ものブログがひしめいている。だから、日本語のブログがあることに不思議はないが、実際の新聞記事と同一の表題で、しかもその記者と取材源の名前まで流用してブログを作るなど「けしからん」と長沼は思った。

やがて、そのブログが長沼のデスクのパソコン画面に出る。黄緑色に統一された柔らかいデザインの画面だった。記事は「Keizo」というペンネームの人間がすべて書いている。

内容は、長沼と塚本敬三が書いた〝本物の記事〟の続編のように思えた。長沼は、そのサイトの過去の書き込みを探した。最初の記事は、平成十六年六月六日の日付で、「森の奥から」の第一回目の記事そのものが掲載されている。その後、一週間おきに第六回までの記事が続いているから、このブログの作成者は、実際の新聞を見ているに違いなかった。記事をコピーして自分のブログに掲載した可能性が高い。

——しかし、何のために？

と、長沼は不審に思った。

が、その疑問は、最近の書き込みを読み進んでいくうちに、しだいに消えていった。

長沼の頭の中に最初に浮かんだのは「盗作」の二文字だった。あの記事が一見、小説風だったのを利用して、このブロッガーは自分のサイトを面白くするために内容を盗用した。第一回から六回までの分は、合同新聞の記事とまったく同一だ。「長沼章二」「塚本敬三」という署名まで入っているのである。しかしよく考えてみると、盗作をする人間が、オリジナルの作者の名前を自分のブログで明かすのは、おかしい。それでは、「自分は盗作者だ」と公言しているに等しく、裁判でも起こされたら負けは決定的だ。では、何のた

めに他人の署名を？　この時長沼は、

――他人の署名……だろうか？

と思った。

このブログは「Keizo」という人物が書いていて、タイトルも「森の奥から」である。それを素直にそのまま信じてはいけないのか。つまり、本物の塚本敬三がこのブログの書き手である。その可能性はないのか？　塚本とサヨは、朝日連峰のどこか辺境の地に潜んでいるという自分の前提は、どれだけ確実と言えるだろうか？　長沼はそう考えるにいたった時、思わずキーボード脇のデスク・スペースを左手で叩いていた。

彼は思い出した。産日新聞のスッパ抜きがきっかけとなり、サヨの件で同業他社との会見が行われた日、山形県庁から鶴岡にもどった自分に、塚本敬三は「番外編の記事を書いた」と言ってプリンターに打ち出した原稿を渡したのだった。それは、「森の奥から」の第七回目になるはずだった。長沼はその日は、塚本を説得してサヨを児童相談所に引き渡すことに頭がいっぱいだったから、受け取った原稿はどこかへしまって、夕方を塚本との論争に費やした。もしこの「森の奥から」というブログ・サイトにこの〝番外編〟の記事があれば、それは上司の自分さえ読んでいない未公開の記事だ。書き手は、だから塚本本人以外にあり得ないのだった。

長沼は、デスクの横に積み上げてあるダンボール箱をにらんだ。鶴岡から宅配便で届いた五箱のうち、三箱がまだ開けてない。その中のどこかに、はたして〝番外編〟が入っているのだろうか？


長沼章二はその日、午後一時を過ぎて編集局長室から出てきた。小泉容子は、ドアを後ろ手に閉める長沼の顔が妙に明るいのを見て取った。編集局長である彼には、翌日の新聞の編集会議が午後二時から予定されていたから、昼食のための外出だと小泉は思った。が、長沼はエレベーターのある方向ではなく、小泉の方へ真っ直ぐ歩いてきた。満面に笑みを湛えている。

「ブロッガーは一人、私が確保するから……」

「塚本さんですか？」

と、小泉は訊いた。彼女もそのブログを読み、同じ感想をもっていたのだ。

「わかるか？」

と長沼は言い、それから「この話は内緒だよ」と付け加えた。

小泉は、エレベーターへ向う長沼の背中に向って、「わかりました」と張りのある声で言った。


（完）

本作品は「光の泉」二〇〇三年一〇月号より二〇〇五年八月号に掲載され、
単行本化にあたり加筆したものです。

秘境《ひきょう》

初版第一刷発行　二〇〇六年一一月二〇日

著者――谷口雅宣（たにぐち・まさのぶ）
©Masanobu Taniguchi, 2006〈検印省略〉

発行者――岸　重人

発行所――株式会社　日本教文社
東京都港区赤坂九―六―四四　〒一〇七―八六七四
電話　〇三（三四〇一）九一一一（代表）
　　　〇三（三四〇一）九一一四（編集）
FAX　〇三（三四〇一）九一一八（編集）
　　　〇三（三四〇一）九一三九（営業）

頒布所――財団法人　世界聖典普及協会
東京都港区赤坂九―六―三三　〒一〇七―八六九一
電話　〇三（三四〇三）一五〇一（代表）
振替　〇〇一一〇―七―一二〇五四九

印刷・製本――凸版印刷

装幀――清水良洋（Malpu Design）

ISBN4-531-05253-6　Printed in Japan

＊本書の本文用紙は70%再生紙を使用しています。

●日本教文社のホームページ　http://www.kyobunsha.co.jp/